# 君が僕にくれた余命363日

月瀬まは

STARTS
スターツ出版株式会社

僕は、触れた人の余命を見ることができる。

目次

# 君が僕にくれた余命363日

【0】

初めは、誰かに触れた時に、自分の頭の中に流れ込んでくるように見えるモノの意味がよくわからなかった。それが数字だと認知したのは、確か幼稚園の年長の時。数字とわかった途端(とたん)、好奇心旺盛だった当時の僕は、触れた時に見える数字を片っ端から口に出していた。覚えたばかりの数字と、誰もが持っていて組み合わせがバラバラな数字は子ども心を強く刺激したのだろう。そんな僕のことを幼稚園の友達も先生も両親もみんな不思議がっていたけど、「数字が大好きなんだな」「元気だな」っていう印象をもって見てくれていた。けどそれも最初だけで、僕がずっと誰かに触れては数字を叫ぶものだから、次第におかしい奴と思われるようになってきた。触れた相手の数字が見えるということを伝えても、誰も信じてくれない。「目立ちたくて嘘をついている」「精神が不安定なのかな」と言われるようになり、最終的には両親に病院へ連れていかれた。

そこで小さいながらに気づいたんだ。この数字は、僕だけにしか見えていないのだということに。

そして、病院での両親の不安げな表情を見て決めたことがひとつ。僕が触れるとその相手の数字が見えることは、もう誰にも言わない。

だから、小学校に上がってからは触れると見える数字を口に出さないように気をつけた。中学校に入学する頃には、そんな自分にも慣れて日常となっていた。

その時には、数字が人によって違うことや、多少の例外はありつつもほとんどが年齢と比例するように数字が小さいことがわかっていた。

あともうひとつわかったのは、みんな例外なく共通して、数字が毎日必ず一ずつ減っていくということ。何のカウントダウンかまではわからないけど、きっとカウントダウンが終わる時、何かが起こるのだと思う。

そんな中学二年生の夏休み。毎年の恒例となっている山奥の田舎にある、父方の祖父母の家に泊まりで遊びに来ていた日のこと。家族みんなでババ抜きをして遊んでいる時、僕の手札を取ろうとした祖父の指と触れた。

瞬間、初めて見る【1】という数字。

ということは、明日は【0】になる。

カウントダウンが終わる時、何が起こるのだろう。

十四歳の僕は妙なドキドキを感じた。胸がざわっとして嫌な予感を抱えながら迎えた次の日の朝。

祖父に会ってすぐに確認のため触れてみれば、僕の予想通り数字は【0】になっていた。

緊張のせいか、初めてカウントダウンが終わるのを見たせいか。心臓がドクドクと不快な音を立て始める。

一体、何が起こるのだろうか。

祖父の近くで平静を保とうとしながらずっと見守っていると、突然祖父が倒れた。

「お義父さん⁉」

「親父‼」

焦って駆け寄る両親。祖父の肩を何度も叩く祖母。

「救急車！」

「じいさん。じいさんや、聞こえるかいっ？」

バタバタと慌ただしく動き回る両親。祖母は目を閉じている祖父の肩を叩き呼びかけ続ける。

いつか見た医療ドラマのワンシーンみたいだ。

緊迫した空気の中、僕は何もできずに呆然とその場に立ち尽くすだけ。十数分もしないうちに遠くから救急車のサイレンが聞こえてくる。そして、家に救急隊が入ってきて祖父を担架で運び、祖父はそのまま救急車に乗せられた。祖母も救急車に乗り、僕は両親と乗用車で病院へ向かった。

――この日、祖父は死んだ。

両親も祖母も、あとから駆け付けた親戚も、祖父の突然の死に涙を流していた。僕はこの状況を上手く呑み込むことができず、動かなくなった祖父の前で泣き崩れるいくつかの後ろ姿を、ただ眺めることしかできなかった。
そして、このことをきっかけに僕は確信を持つ。カウントダウンの意味。
【0】になった日、その人は死ぬ。
触れた時に見える数字は、その人の残りの人生。つまり余命だということに。
中学二年生の夏。
僕は、触れた人の余命を見ることができるのだと気づいた。

僕は極力、他人と関わりをもちたくない。誰とでも距離を置くようにしている。だから、人が多いところは地獄だ。

その空間にいるだけで気が変になりそう。

「ねぇ、何それー。ふざけんなよ」

「ふざけてないし。真面目に言ってる……あ、ごめんね」

【63．143】

すれ違った拍子に肩が当たって見えた数字。

最悪だ。すぐに気分が悪くなる。頭痛までしてきた。

「……いえ」

短く返事をしてから、早足でその場を離れる。他人の余命なんて見たくもないし、知りたくもない。知ってもいいことなんてひとつもないから。人が多ければ接触する確率も上がる。だから学校は憂鬱極まりない。

「お前、昨日彼女とどうだったんだよ」

「は？　言わねぇし」

「照れんなよ」

「おい、押すなって」

横から騒いでる男子が突然目の前に出てきたけど、急には止まることができずに軽くぶつかってしまう。

【20.221】

また見える数字。

この人はあと二十年しか生きられない。今は高校二年生だから、三十七歳で死ぬことになる。早すぎる運命。

……だから、知りたくないんだよ。今はこうして元気にふざけて笑っているけど、誰にでも常に〝死〟がつきまとっている。カウントダウンは生きている限り止まらない。どんな時でも、〝死〟を突き付けてくる。

僕が自分の能力に気づいた時から、約三年が経った。あれからまたわかったことがいくつかある。最初のコンマ前の数字は年数を表していて、コンマ後の数字は日数を表していること。数字は絶対で、変わらない。つまり規則的に毎日一ずつ減っていくということ。

そして、この運命を変えることはできない。これらが、僕がわかっている自分の能力のすべて。これ以上は、知るつもりもない。知ったところで、ただ死を待つだけに変わりはないのだから。

教室に入り自分の席に座ると、静かに影を潜める。この能力の意味に気づいてからは、人と関わることを避けるようになった。

何もしなくても汗が滲んでくるような暑さはそのまま二学期に入り、夏休みの浮かれ気分が抜けない校内で僕だけが孤独だ。空気のように無色透明で誰にも意識されない日常。でも、それでいい。それがいいんだ。これ以上、人の余命を知りたくない。もし仲良くなった友達の余命があと数年、数日、とかだったら辛いだろ。ましてや余命が【0】の人を見てしまうと、辛いという言葉では収まりきらない胸の痛みや何もできない自分の無力さから自己嫌悪に陥り、虚しさに見舞われることになる。余命を知ったところで助けられるわけじゃない。寿命は神が決めた運命。絶対に変わることはないし、抗うこともできない。もうあんな思いはしたくない。頑張ったら頑張った分だけ、いや、それ以上に苦しくなるだけだ。だから僕は、自分が傷つかないために、自分を守るために、誰とも深く関わらない。何をするわけでもなく、今日も身に迫る死の恐怖にとらわれながら時間は進んでいく。

「はい、席についてくださーい」

チャイムと同時に入ってきた担任の声で、バラバラだったクラスメイトが各々の席につく。全員座ったところで、学級委員の号令に合わせて立ち上がり挨拶をしてから再び椅子に腰を下ろした。

「今日のホームルームは席替えをしましょう」

「よっしゃ！」

「先生ありがとう！」

席替えだけでこんなに喜ぶことができるなんて幸せだよな。いっきに騒がしくなる教室で、僕一人だけが浮いている。いつも通りだ。

「では、四つ角の席の人でじゃんけんして、くじを引く順番を決めてください」

「ぜってぇ勝つ」

「勝ってね」

「ズルすんなよ」

たかだか席替えくらいで、どうしてこんなに盛り上がれるんだろうか。僕もこの能力の意味に気づくまでは、しょうもないことで無邪気にはしゃいでいたんだろうか。そんな記憶があった気はしなくもない。他人と距離を置き始めて三年も経てば、すべてが夢だったかのように記憶も曖昧（あいまい）になってしまった。

気づかないほうが幸せなこともあるって聞いたことがあるけど、本当にその通りだと思う。この世界は、気づかなくていいことがたくさんある。謎は謎のままでいい。世界の理（ことわり）は知らないほうが幸せになれるんだ。きっと、何事もそういうふうにできている。

「やった！　勝った!!」

教室に響いた明るい歓喜の声にハッとして、反射的にそちらを見た。じゃんけんで勝ったらしい女子が笑顔でピースをしている。

「さすが花純(かすみ)！」

「いい席当てなね」

ピースにした指を動かして喜びを表現する彼女と、その友達のテンションが理解できない。たかが席替えだけにどんだけ必死なんだよ。

「じゃあ、成田(なりた)さんから順番に引きに来てくださいね」

「はーい」

じゃんけんで勝った彼女は席を立つと、肩くらいまでのほんのり茶色がかった黒髪を揺らしながら教卓まで行く。一度両手を合わせてお祈りするようにしてから、箱に手を入れてくじを引いた。そんな彼女に続いて他の人も順番に教卓へ行きくじを引いていく。前の席の人が立ち上がるとすぐに僕も立ち上がり教卓へ向かう。極力クラスメイトにぶつからないよう細心の注意を払うけど、くじを引き終わった人とすれ違う時に腕が当たってしまった。

……気が滅入(めい)る。

誰にも気づかれないように小さくため息をこぼしてから、くじを引きすぐに自分の席へ戻る。みんながくじを引いている間に担任がホワイトボードに描いていた座席と番号を確認する。僕が引いた数字は、窓側のいちばん後ろの席と一致した。

よし。机の下で拳を握る。今の僕にも、たかが席替えで喜ぶくらいの気持ちはあったらしい。

「みなさん引きましたね。それでは、移動！」

その声を合図に、カバンを持って新しい席へと移動する。僕はもちろん誰にもぶつからないようにここでも細心の注意を払いながら、身をちぢめて何とか無事に窓側のいちばん後ろの席へ行くことができた。

ここならあまり人も来ない。ぼっちの僕にこそ相応しい席だ。

「えー！　花純と離れたんだけど。最悪！」

「ちゃんといい席当てなねって言ったじゃん」

「行かないでよ」

「絶対に嫌」

「薄情者！」

大きな声で叫んだ女子はクラス中の視線を浴びることに慣れているのか、まったく気にしていない。彼女の友達も周りなんて気にしていない様子で鼻で笑うと、カバンを持って移動し始めた。

「美玲（みれい）はいちばん前で頑張ってね」

「変わってよ〜」

「木下（きした）さんには先生がついていますからね」

「ヒィッ‼」

先生も二人の会話の間に入り、みんなも笑いながら口々に言い合いに参加し始めてより騒がしくなる。僕は笑うこともなく、横目でそれを見てから外へと視線を移す。

窓側の席でよかった。外を見れば、人を見なければ、気持ちが落ち着く。僕はこれからも、こうして一人でいる。

「話したことないね」

誰かの声が聞こえたけど、学校にいる時に聞こえる声はすべて雑音に過ぎない。いつも一人で誰かと話すことがない僕には関係のないことだから。

「ねぇ、聞いてる？」

やけに近くで聞こえる声に、気にしなくてもいい雑音とはいえ、気になる域に入ってきた。

「日野瑞季（ひのみずき）くん！」

「え……僕？」

窓の外を見ていた顔を前に向ければ、わざとらしく怒ったように頬に空気を入れて膨らませている女子。じゃんけんで勝ち、さっきは大きな声で友達と話してクラス中の視線を浴びていたうちの一人、成田花純。

肩のあたりで綺麗に切りそろえられた艶のある茶色がかった黒髪は、窓から差し込む日の光でキラキラしている。大きな黒目に見つめられることに耐えられず視線を少し落とせば、第一ボタンを開けて緩く着ている半袖のシャツから、細くて白い腕が僕の机に置かれていた。意を決して再び視線を上げると、やっぱり大きな黒目にぶつかる。これは完全に、僕に話しかけているようだ。

「日野瑞季って君以外に誰がいるの？」

確かに、日野瑞季は僕のフルネームだ。このクラスに同姓同名の人はいないから、その名前は僕のことを指すのだけど。そういう意味ではなくて、クラスメイトに話しかけられたことに戸惑っているんだ。

僕はクラスメイトとも距離を置いて深く関わらないようにしている。制服を着崩す人が多い中、校則通りにシャツは第一ボタンまできちんと留めて、ネクタイを上まで締めている見た目は真面目な僕。目にかかるほどの長さの重めな前髪は、自分が落ち着くとともに、関わりにくい雰囲気を演出していると思う。話しかけないでオーラを察してか、ただ地味で暗いぼっちのクラスメイトに関わりたくないだけか。どちらにしろ、必要最低限のこと以外は話しかけられないというのに。目の前にいる一度も話したことがなかった成田花純は今、僕をまっすぐに見て、僕の名前を呼んでいる。

「……いない、ですね」

「でしょ？」

成田花純はニコッと微笑むと、右手を出す。

「席が近くなったことだし、これを機に仲良くしてね」

正直、仲良くなるつもりはない。僕は誰とも仲良くならないとすでに強く決めている。距離感は大切だ。

だからこそ、少し間をもち「うん」と、素直に頷いた。

これは持論だけど、他人と距離をとりたい時ほど、余計な否定も肯定もしないほうがいい。軽く流すくらいがちょうどいいんだ。そうすれば、だいたいの人は反応の薄いつまんない人間だと思ってくれる。僕らの世代なんて特にそうだ。一緒にいて楽しい人を求める。自分にとって都合のいい、メリットがある人との関係を築きたがる。

少なくとも、僕が今まで出会ってきた人たちはそうだった。僕がみんなから離れたところで引き止める人がいなかったということは、そういうことだろ。

「ほら」

「え？」

「え？　じゃなくて。手を出したら握手でしょ」

……握手なんて、普通しないだろ。席替えで席が近くなっただけなのに、よろしくの握手だなんて。余計な否定も肯定もしないほうがいい、と思っていても触れるとなると話は別だ。

「それは……」

首を傾げながら僕の顔を覗き込むように見てくる。よくそんな恥ずかしげもなく、ストレートに聞けるな。僕たち、初めて話すんだよ？　しかも僕は、クラスでも目立たないし、友達もいない地味で暗いクラスメイトだろ？

「照れてるの？」

「こんだけで照れるなんて、日野瑞季くんはかわいいね」

勝手に照れていることにされているけど、そういうことにしたほうがこの場合は都合がいいと判断し頷く。上から目線な態度の彼女には、正直少しむっとしたけれど。

「そうだね。ごめん、恥ずかしい」

言葉にするほうが余計に恥ずかしいな。僕の言葉を聞いた成田花純は満足したように口角を上げて笑った。

わかってくれた、か？

「はい、握手」

「いやいやいや！　何でそうなるの？」

僕の話を聞いてなかったのか。慣れないことを無理して言葉にした僕の努力は何？　無駄だったとでも言うのか。

「もう、日野瑞季くんしつこいよ」

それはこっちのセリフなんだけど。不可抗力で触れてしまうことは百歩譲って仕方ないとしても、自ら触れるなんて自殺行為みたいなものだ。傷つきにいくようなものだ。知りたくなんかないのに……。

「はい」

成田花純の左手が僕の右手首を掴み無理やり前に出させると、その手を握られ握手の形になる。けど、握手させようと僕の右手首に触れた瞬間から見えていた。

【22.105】

こんなに元気なのに、あと二十二年しか生きられない。笑顔で僕の手を握っている成田花純。今は温かい手だけど、二十二年後には冷たく固まり動かなくなる。

早い。早すぎる。

ほらやっぱり、人の余命なんて知ったところでいいことない。ゆっくりと手が離される。離れた時に見えなくなった数字。だけど、僕の脳内にはこびりついて離れなくなってしまった。不思議と、一度見てしまった余命は鮮明に記憶に残って忘れることは難しい。僕の記憶力なのか、余命が見える能力の付加価値的ものなのかはわからない。まだこの能力については未知な部分も多いけど、探求するつもりはない。きっとこれからもそんな気は起きない。

「日野瑞季くんの手、冷たいね」

こんな能力があるんだ。常に緊張して冷たくなってしまっても仕方ないだろう。

まぁ、僕の場合はただの冷え性でもあるのだけど。

「それでは、次の授業に遅れないようにしてくださいね。今日も一日頑張りましょう」

担任の声で我に返った。チャイムが鳴って、ホームルームが終わる。最悪な気分のまま、今日が始まった。

「花純、行こう」

「うん！　じゃあね、日野瑞季くん」

わざわざ僕に声をかけてから、彼女は筆記用具を持って立ち上がる。どうして僕に話しかけたんだろうか。僕の他にも、隣や前の席の人だっているのに。

……考えても無駄だ。

考えないでおこう。ここ三年ほどの僕は他人と距離を置いて生きてきたから、いきなり話しかけられて少し戸惑ってしまっただけだ。成田花純はただの気まぐれで、特に意味なんてないんだろうな。こんなのたまたまで、きっと続かない。

……そう思っていた自分は、本当に人との関わりをもたなさすぎだったんだと知る。

「日野瑞季くん。数学のプリント見せて」

成田花純は席替えで席が近くなってから六日経った今も、よく僕に話しかけてくる。僕なんかに話しかけたところで楽しくないのに。彼女が何を考えているのかさっぱりわからない。

「……はい」

「ありがとう」

受け取ったかと思えば、なぜか僕の机にプリントを置いて見比べ始める。

僕のように反応も薄く地味でつまらない人に、ここまで何度も普通に話しかけ続ける人がいるとは思わなかった。こんな人がいることを、人との関わりを狭くしてきた僕は初めて知る。

「ねぇ、ここは何でこの答えになったの？」

プリントにはたくさんの努力の跡が見られるけど、答えまで導かれているものは五問中四問で最後の応用問題に関しては何も書かれていない。力尽きたのか、まったくわからなかったのか。答えを出せた問題でも、そのうち二問は不正解だ。

「ここ、計算ミスしてるよ」

「あれ？　ほんとだ。数学苦手なんだよね。瑞季くんはいつもクラス最高点でしょ？」

「らしいね」

「勉強できるっていいなぁ」

数学のテスト返却の時に、教師が毎回わざわざ僕の名前を出すからそれを覚えていたんだろう。でも僕は理数系のほうが得意だから、文系科目だと少し下がる。それでも常に全教科、平均より上をキープしているけど。

「わたしはいつも全教科赤点ギリギリだよ」

聞いてもいないのに教えてくれた成田さんは、指摘した箇所を消しゴムで力強く消した。偏差値はそこそこで、この地区だと二番目くらいの公立高校。だけど、赤点ギリギリはけっこうやばいよな、と思いながら、シャープペンを持ち問題を解き直す頭頂部を見つめる。

「部活って何か入ってる？」

「帰宅部」

「へぇ。そんな感じはしたけど。わたしはね、家庭科部なんだよ。ご飯とかお菓子作って食べたかったから。でもね、うちの家庭科部って調理は月一で毎日食べられるわけじゃないの。だから幽霊になっちゃった」

ははっと笑い声を上げてから、計算ミスをしていた箇所をやっと直した。無駄な話をするから問題を解くのに時間がかかるんだよ。それでも彼女の口は止まることを知らない。

「家は一軒家？　てか、一人っ子ぽいよね」

「一軒家で一人っ子だけど」

「やっぱり！　そしてズバリ、血液型はA型でしょ」

「残念、O型」

「そっかー。わたしはB型」

うん、聞いてない。なのに彼女はテンポよく話しかけてくる。僕の素っ気なく抑揚のない返答に対しても、ニコニコと笑顔を崩さずにすぐ話題を振る。意味がわからない。理由がわからない。

「……君はさ」

「君って誰？」

「……成田花純、さんは」

「何でフルネーム？　長くない？」

君がそれを言う？

僕のことをずっとフルネームで呼んでいるのは彼女のほうなのに。

プリントからゆっくりと顔を上げた成田花純の大きな丸い瞳が僕をとらえる。

「……って、わたしも日野瑞季くんのことを日野瑞季くんって呼んでるじゃーん」

自分で言って自分でツッコんだ彼女に思わず苦笑いを浮かべた。何でこんなに楽しそうにできるんだろうか。

関西人でもなかなかしないようなオーバーリアクションで、頭を抱えている。

「よし、決めた。これからは瑞季くんって呼ぶことにしよう！」

「じゃあ、成田さんで」

「えぇ⁉　そこは花純じゃないんかい！」

またもや、関西人でもしないようなオーバーリアクションで、僕にツッコもうと平手が飛んできたから、身を後ろに引いてかわした。お互いをファーストネームで呼び合うなんて、仲良しみたいじゃないか。成田花純にとってはそれが普通のことなのかもしれないけど、僕にとっては普通ではない。だからそれを、普通とは言わない。

「成田さんって呼ぶことにするよ」

「仕方ない。今はそれでいいよ」

これからもそれでいくよ。

とは、声に出しては言わない。

「それで、どうしたの？」

「成田さんは、何で僕にこんなに話しかけてくるの？」

「席が近いから」

「それだけ？」

「話したことがないから気になってたの。あと、クラスの誰もがあまり関わりをもってない瑞季くんと仲良しって特別じゃない？」

「何それ」

僕が成田さんとだけ仲が良いイコール特別になるのか。そんな特別いらないだろ。その前に、僕と話しても楽しくないから誰も話さないだけであって、僕と成田さんが仲良くなったところで羨ましがる人なんていない。むしろ、クラスでもそれなりに目立って明るい成田さんに話しかけられる僕のほうが、羨ましがられる可能性は高い。そうなると困るな。面倒事はできるだけ起こしたくない。僕はこれからも目立たず地味で暗い、静かなぼっち生活を送りたいのに。

「てか、話しかけるのに理由なんているの？　話したことないから話してみたい。席が近いから話しかける。それじゃだめ？」

「だめって言うか……」

「難しく考えすぎだよ。案外単純なんだって。わたしもそうだよ」

それはわかる気がする。成田さんとは今話しているだけで、単純というか直感的というか、その時感じたままに行動しているんだと伝わってきた。自由で細かいことに縛られず、何事にも笑顔で楽しむことができる。性格も考え方も僕とは正反対だ。

きっと成田さんにこれ以上聞いたところで、僕が理解をすることは難しいだろう。

「瑞季くんってわざとクラスメイトと距離をとろうとしてるでしょ？　だから、距離を詰めてみようかと思った。これでどう？」

「僕の意図がわかってるなら、そっとしておいてくれたら優しいのに」

「ちょっとそれ、わたしに優しくないって言ってる？」

「好きに解釈してもらっていいよ」

「んー、瑞季くんって優しくない」

拗ねた表情をする彼女を一瞥し、椅子から立ち上がる。

「どこ行くの？」

「トイレ。さすがに止めないでね」

「わたしをヘンタイみたいに言わないでよ」

僕に言い返してくる成田さんに反応はせず、背を向けて教室を出た。彼女といるといつのまにか彼女のペースに巻き込まれている。距離をとりたいのに、本気で距離を詰めてくる。しかもその距離の詰め方が尋常じゃないから困る。今のところ、高校に入学してから成田さん以外の人との関わりはない。これをきっかけに人間関係の幅が広がるのは嫌だけど、僕の今までの振る舞いの結果、その心配はなさそうで一安心。今までの自分の対応と態度を褒めてあげたい。問題は、成田さんをどうするか。すでに余命を知ってしまったとはいえ、これから触れて余命を再確認してしまう機会が増えるのは避けたいな。成田さんは若くして命を落とす運命。それはもう変えられない現実で、もし仲良くなんかなったりしたら余計に辛くなる。だから特定の仲良い人はいなくていいけど、じゃあ向こうからたくさん話しかけて距離を詰めてくる成田さんとはどう距離をとればいいのだろうか。不測の事態でそんなすぐに答えが出るわけもなく、教室の自分の席に戻る。

「あ、瑞季くん。待ってた。ここ教えてほしい」

僕が戻ってきたことに気づくと手招きをして急かす。歩くペースは変えないまま椅子を引いて座った。僕がいなくても、振り返ったまま数学のプリントを見ていたらしい。学業に対してけっこう真面目に取り組む成田さんは、申し訳ないけど少し意外に感じた。それでもいつも赤点ギリギリだというのなら気の毒だな。

「どこ?」

「ここ」

指さしたところを見るために、頭を気持ち前に出した。その時、成田さんもプリントを覗き込むように頭を出したため、ゴツンと強めにお互いの頭がぶつかった。

「いったー」

すぐに離れて、ぶつかった部分を押さえる成田さんを見た。涙目になりながら「瑞季くんって石頭なんだね」と文句のように呟いている。だけど、僕にはそんなの頭に入ってこない。

心臓がドクドクと大きく音を立てている。彼女から目を離すことができない。だって、そんなわけ……。

「瑞季くん？」

頭をさすりながら僕を不思議そうに見ている彼女を、いまだ驚いたように見つめ返すことしかできない。そんなこと、あるはずがないのに。

一瞬だったから見間違えた？　いや、一瞬でも見間違えるわけがない。数字は触れている間しか見えないけど、一瞬でも確かに見える。見えると言っても、僕の脳内に流れ込んできて、はっきりと浮かび上がる感覚に近い。実際に見たものとして記憶に入るイメージ。だから見間違えることはない、と言い切れる。

だとしたら、今のは……。

「どうしたの？」

「……何でもない」

僕の様子の変化に気づいた成田さんは不思議そうに首を傾げている。必死に平静を装って言ったけど、まだ不整脈は直らない。さっき成田さんとぶつかった時に見えた数字のせいだ。

【21．99】

席替えをした日に握手をした時は、確かに余命はあと二十二年だった。日数は毎日必ず一ずつ減っている。けど、年数は日数が【0】になり繰り下げで減ることはあっても、いきなり一なんて減ることはない。だって、寿命は神が決めた運命だから。これは絶対に変わらない。僕は知っている。どうあがいても、余命を延ばすことはできない。反対に、短くすることもできない。それなのに、余命が、神が決めた運命が、変わっているなんて……。

考えてもわからない。こんなこと、初めてだ。触れた際に見える数字が余命だと確信をもった中二の夏の時から合わせても、突然年数が減った人はただの一度も見たことがない。

毎日必ず日数が一ずつ減るだけ。余命は絶対で変わるなんてありえない。

ありえない、はずだった。

……やっぱり見間違いだな。

僕は疲れているんだ。人と関わりを絶ってから三年と少し。特定の人と深く関わることはなかったのに、成田花純という人物の登場でイレギュラーなことばかり。疲れて見間違えてもおかしくはない。今まで、見間違えたことはないけど、きっとそうだ。何度も深く息を吸い、ゆっくりと吐く。それを繰り返すことで、慌てている心臓の音を無理やり落ち着かせた。

「プリント、ありがとう！」

「う、うん」

手渡しで返そうとしたから、ゆっくりと手を伸ばす。その時に、さり気なく成田さんに触れて、さっきの数字は見間違いだったと確認しよう。大丈夫。そんなことがあるわけないいんだから。あえて成田さんが持っている付近に手を伸ばして受け取ろうとした時。

「花純、先生が呼んでるよ」

「げっ」

「こら成田。〝げっ〟とは何だ？」

「ごめん瑞季くん、ありがとね！　先生、今行くんでお手やわらかに～！」

成田さんは謝りながら、手渡ししようとしたプリントを机に叩くように置くと、急いでドアのほうへ行ってしまった。

……はぁ。息が詰まりそうだった。結局、触れることはできなかったから確認できていない。自ら触れることは怖いけど、僕はどうしても確認したい。触れた時に見える数字は余命だとすでにわかっているのに、それが初めて不規則な減り方をした。今までならありえなかったことが、今でもありえないはずのことが、現実に起きているかもしれない。絶対だと諦めて疑わなかったものが絶対じゃなくなるのは、なんだかモヤモヤして落ち着かない。

それから改めて確認するため、成田さんに触れるチャンスを窺った。成田さんが先生につかまり、戻ってきたのは本鈴が鳴る直前だった。授業を受けている背中を見つめ考える。触れる口実なんていくらでも作れるはずだ。

「服にほこりがついてるよ」と、取る振りをしてもいい。「ねぇ、成田さん」と、肩を叩いて話しかけるのでもいい。すれ違う時にわざとぶつかることだってできる。触れるなんて簡単なこと。僕の能力はアクセサリー以外なら、服越しなどその人が身に着けているものであれば触れると見えるのだから。だけど、自分からそんな行動をとるなんて、ぼっちを極めてきた僕にとって、すごく高いハードルとなってしまっているようだ。

情けない。ヘタレな自分に呆れる。

でもそれ以上に、触れて真実を知ることが怖いと感じているから、行動に移すことができないのかもしれない。

それはやっぱりヘタレだな。まぁ、成田さんのことだ。無理して焦って僕から行かなくても、向こうから来てくれるだろう。距離感が近くてボディタッチが多い人だから。そう思い僕からはアクションを起こさずに過ごしていたけど、待ってる時ってどうしてか来ない。それは今日も例外ではなかった。

すべての授業を終えて放課後になる。僕はいつものようにすぐに教科書と筆記用具をカバンに入れて、帰る支度を済ませた。だけど、椅子に座ったまま数分経っても動くことができない。できれば、今日中に確かめておきたいという気持ちだけは大きくある。

けど、どうしたら……。

「瑞季くんがまだ教室にいるなんてめずらしいね。いつもは六限が終わるとすぐに教室を出て行くのに。今日は帰らないの？」

「か、かか帰るよ！」

前の席の成田さんは、立ち上がると振り返って僕を見る。彼女はカバンを持っているから、きっともう帰ってしまう。チャンスは今しかない。どうやったら触れられるんだろうか……。

「ふっ、そんな動揺しなくてもいいのに」

おかしそうに笑う彼女に、ますます動揺する。本当に余命は減っていたのか、見間違いだったのか。ここではっきりさせておきたい。そのためにも今、触れて確認しないと……！

「もう、仕方ないなぁ」

成田さんが何か言いながら、カバンをゴソゴソとあさっている。けど、僕は成田さんのよくわからない言動に疑問をもつ余裕もない。触れたい。確かめたい。早くしないと。焦りだけがどんどん募っていく。

もういっそ、彼女に向かって飛び込んでしまおうか？　このままだと何もできないから、強行突破するしかない。なんて、思考が回らなくなり、頭の悪い考えまで浮かび始める。

勇気出せ。確かめたあとで、たくさん悩めばいいだろ。よし。と心の中で気合いを入れた時。

「はい、どうぞ。これ食べて落ち着いて」

成田さんが僕の手首を掴んで無理やり前に出させ、その手に自分の手を重ねた。驚きのあまり言葉も出ず、ただ目の前の彼女を見つめる。

「あ、溶けてたらごめんね」

「いや……」

「また明日！」

僕の手を丸めて中のものを握らせてから、笑顔で手を離す。その手を大きく振って友達の元へ行ってしまった。丸められた手を開けば、いちごのイラストが描いてあるひねり包装の飴。

親指と人差し指でつまんで、すぐにそれの両端を引っ張る。包装紙にくっついている飴。ほんとだ。溶けてる。一目でわかるそれを口に入れると、溶けてやわらかくなった食感といちごミルクの優しい甘味が広がった。舌で飴を転がしながら気持ちを整えて、さっき触れた時に見えた数字を思い返す。

【21.99】

……見間違いではなかった。成田さんの余命は、僕が初めて見た時から一年減っていた。やっぱりそうだった、と思う気持ち半分。どうして一年減ったのか、という疑問半分。少しして、疑問が僕の思考すべてを支配する。こんなのは初めてのことで、考えても考えても何ひとつわからなかった。

成田さんの余命が一年減っていると気づいた日から三日が経った。さり気なく触れて、というよりは成田さんが僕に触れようとする行為をかわさずに、触れてもらっているというほうが正しい。成田さんはボディタッチが多いから、僕が拒否しなければ一日一回は必ず触れる機会があり確認することができるとわかった。この三日間、成田さんに接触したけど、余命はしっかり一日ずつ減っている。

おかしいな。じゃあ、あの時減った一年はいったい何だったんだろう？　たまたまなのか？　いや、神が決めた運命にたまたまなんてないはずだ。だとしたら、彼女は特別なのか。それとも僕の能力のバグ的なものなのか。まだわからない。

「瑞季くん、グミいる？」

「いらない」

「えー、おいしいのに」

「成田さんはいつも何か食べてるね」

「だってお腹空くんだもん」

そのわりには細いな。

と、彼女のシルエットを目で追う。

「あ、今どこ見た？　瑞季くんの変態」

「そう言われるようなところは見てない」

「ってことは、やっぱり見たんじゃん！」

「否定しなかっただろ」

「開き直るのもどうなの⁉」

机をバンッと叩き、唇を尖らせる成田さん。いつも反応がわざとらしいけど、それが彼女のおもしろさであり、周りからも好かれるポイントなんだろう。だからといって僕も他の人みたいに彼女を好いているとかそういうことではなく、客観的に見てそう思った。

「最近、瑞季くんって言うようになったよね」

「べつに変わってない。前と同じ」

「いやいや、変わったよ。わたしに心開いてる」

「じゃあそういうことでいいよ」

「うん。そういうことにさせてもらうよ」

実際、僕が彼女に心を開いているかというと、そういうつもりはない。だけど前より話すようになったのは確かだ。それは、彼女の余命が不自然に減ったことが気になるから確認するため。それ以上でもそれ以下でもない。確かめるためには、距離をとっていてはできない。ある程度、近い距離の関係性にならないと毎日確認できないから。だから、成田さんと話すんだ。満足そうに笑う彼女を見て、少しだけ胸がざわついた。


次の日、今日も何の収穫もないまま放課後になる。わからないことがあると、こんなにもモヤモヤしてしまう。スッキリしない気持ちを何日も抱え続けるのは気持ち悪いな。

「花純、帰ろう」

「うん!」

成田さんのいちばんの友達が教卓前の席から声をかけた。それに返事をすると彼女は立ち上がってカバンを肩にかける。

「瑞季くんまた明日ね」

当たり前のように僕に笑顔を向けて、手を振ってくれる。僕は控えめにだけど、手を振り返すようになった。そんな僕の手の振り方がぎこちないせいか何なのか、それを見ていつもクスッと笑う成田さんは、正直気に入らないけど。

今日も同じように笑うと、僕が振っている手にパチンと音を立てて合わせてきた。

【21.95】

不意打ちで触れてくるから驚いて目を見開く。それにまた満足げに笑った成田さんは今度こそ友達のほうへ行ってしまった。タッチしたあとのちょっとヒリつくような感覚に違和感を覚えると同時に、満足げな成田さんの表情を思い出して少しだけむかっとした。

どうせ僕は友達がいないから慣れてないんだよ。心の中で卑屈に言い訳をして、帰るためにカバンを持って立ち上がる。

学校を出て家にまっすぐ帰るつもりだったけど、今日は僕が読んでいるマンガの発売日だったことを思い出す。思い出したからには手に入れたい。少し遠回りになるけど駅近くの大きめの本屋に行くことに決めた。この地域はどちらかというとけっこうな田舎で、駅から少し外れると一面畑や田んぼが広がる場所がある。駅周辺はそれなりに店もたくさん集まって多少なりとも賑わってはいるけれど。

もう九月も中旬なのに、夏を終わらせないとばかりに校舎に沿って一直線上に植えられた緑色の木々からは、セミが存在をアピールしていた。そんなセミの鳴き声を抜け、店が並ぶ大通りに出て目的の本屋まで歩く。本屋に入るとすぐに、新刊コーナーでほしいマンガを手に取る。ついでに気になるものはないか、ぶらっと店内を見てから、数冊手に取りレジで会計を済ませた。マンガを買ったことにより、家に帰ってからの時間の使い道は決まった。

無駄に誰かの余命を見なくてもいいように早く帰ろう。そう思い歩みを進める。この時間帯は学生が多いためぶつからないよう意識を集中し、すれ違う時は大袈裟に距離をとったり、背を向けたりする。『集団で道ふさぐなよ』と、心の中で悪態をつきながら、何とかぶつからずに通り過ぎた。

すると、前から俯きがちにおぼつかない足取りで、グレーのスーツを着た三十代前半くらいの男性が歩いてくる。まだ暑さも残り半袖を着ている人が多い中、ネクタイをしっかりと締めてジャケットを着ている男性からは異様な雰囲気が漂っている。そのジャケットはよれよれで、髪はだらしなく伸びてボサボサなのが少し離れた位置でもわかる。近くを通った人はその男性を嫌なものでも見たとばかりに顔を歪め、避けるように距離をとっていた。明らかに男性は様子がおかしい。体調でも悪いのか？目だけでその人物を確認しながら歩みを進める。

嫌な予感がして、歩道の端へと移動しようと重心を傾けた時。目の前の男性の体は僕より早く、体ごと傾き始めた。

「危ない！」

思わず声を上げ、反射的に右手を伸ばして男性を支えた。

「っ……」

「……あぁ、すまないね。最近ちょっと仕事が忙しくて疲れてて」

「……ゆっくり、休んでくださいね」

「ありがとう」

お礼を言った時に向けられた男性の顔はひどかった。やつれきって肌に潤いはなく無精髭（ぶしょうひげ）も生えており、目の下のクマは濃く目立っていて本当に疲れている様子。彼を支えた時に気がついたけど、伸ばしっぱなしのだらしない髪は白髪がたくさん交じっていた。少し離れた位置から見たシルエットは三十代前半でも、近くで見た顔はもっと老けていて三十代前半には見えなかった。軽く会釈（えしゃく）をしてから横を通り過ぎた男性を追うように振り返り、ふらふらしながら歩く後ろ姿を見つめる。

嫌な予感は的中した。

彼は、今日死ぬ。

さっき触れた時に見えた数字は【0】だった。どうやって死ぬのかまではわからない。今の感じだと、病気か過労か。具体的にいつどこで死ぬのかはわからないけど、今日中に彼が死ぬ運命だということは決まっている。

彼から目を逸らし、反対方向へと歩き始めた。だから嫌なんだ。僕だけが今日、あの男性が死ぬことを知ってしまった。だけど、どうすることもできない。この運命は絶対に変えられない。知っているのに、何もできない歯がゆさから自己嫌悪で押しつぶされそうになる。早くこの場を去りたくて足を速めるけど、すぐに信号によって止められた。走って走って、頭を真っ白にして、何も考えたくないのに。さっきの男性の顔と無機質な【0】という数字が頭にこびりついて離れない。振り切りたい。何もかも、忘れたい。早く忘れて楽になりたい。

すべての信号が一度赤になる。ひとときの静寂……。

「キャァアア‼」

信号が青に変わったと同時に聞こえた耳をつんざくような悲鳴。ほぼ無意識で勢いよく振り返る。もしかして、もう？　本当は見たくない。でも、ほんの一言二言だけのやりとりをして、僕だけは彼が今日死ぬ運命だということを知っている。このまま見て見ぬ振りをするのはなんだか後味が悪い。僕が行ったところで何か変わるわけではないけれど、気がついたら悲鳴が聞こえたほうへ向かって走り出していた。

約二百メートルの直線を全速力で走る。交差点には人が集まり、様々な声が飛び交っていた。

「救急車呼んで！」

「俺がします！」

「心臓止まってる！　急いで！」

「出血もひどい。止血しないと！」

人だかりの隙間から見えたのは、前がへこんだ車と道路に倒れている人影。その周りには心臓マッサージをする人や、この場にいる人へ向けて男性を救うため指示を出す人がいる。倒れている人影を確認するために場所を移動すると、見覚えのあるグレーのよれよれのスーツが視界に飛び込んできた。間違いない。倒れているのは、さっき僕が支えた男性だ。

「いきなり道路に飛び出したんだって」

「え？　自殺？」

「こんな場所でやめてほしいね」

「顔もやつれてたよ」

「社畜じゃん。かわいそう」

野次馬たちがそれぞれに見た情報を教え合っている。目の前で事故が起こって人が生死をさまよっているというのに、どうしてそんな淡々と他人事のように勝手な憶測で話せるんだ。きっと、いや、絶対に飛び出したわけではない。ふらふらな状態だったから僕とすれ違った時みたいに倒れそうになっただけだと思う。決して自殺なんかではない。決めつけで勝手なことを言うのは気分良くないな。たまたま今回は倒れた場所が悪かっただけなんだ。

……今回は？

いや、今回も次回もない。だってこの男性の運命は決まっていた。今ここで死ななくても、今日中に絶対に死んでしまうんだ。これは抗えない運命なのに。胸がズキズキと痛み出す。野次馬の言葉に腹を立てたけど、僕も変わらないじゃないか。

もう動かない男性。たぶん、即死だった。

僕だけは彼が死ぬことを知っていたのに、運命は変わらないからと見て見ぬふりをした。野次馬として事故現場に集まり、興味をもって写真や動画を回す人よりも、憶測で勝手なことを言う人よりも、僕がいちばんこの件に関して心がなく、他人事に思っていたんだ。やっぱり余命が見えてもいいことなんてない。嫌なことしかない。目の前に広がる光景に胸が抉られるような苦しみを感じて、気分が悪くなり目を逸らす。

「ちょっとどいてください！　道をあけてください！」

目を逸らした先に、焦ったような上ずった声で叫びながら人混みをかき分ける人がいた。

この声を僕は知っている。

最近よく聞く声に引き寄せられるように視線で追う。

僕には気づかず、肩くらいの長さのサラサラな黒髪を風になびかせ、スカートにローファーという走りにくい格好で全力疾走をして、道路に横たわる男性の元へ駆け寄った。

自己嫌悪からくる気分の悪さや苦しさはまだあるけど、それ以上に彼女の突然の登場に気をとられた。今だけは人にぶつかることも気にせず、同じように人混みをかき分け彼女を追っていちばん前まで出る。彼女、成田さんは人目も気にせずに、血を流して倒れている男性の横にしゃがみ込むとすぐに手のひらを肩に置いた。周りの人が止めても、遠ざけようとされても、断固としてその場から動かない。今はそれどころではないため、成田さんの意志の強さに周りは諦めて男性を救うほうに意識を集中させた。成田さんは息をゆっくりと静かに吐き出してから強く目を閉じた。表情などの様子からして祈っているように見える。そんな彼女の周りだけ、今の状況に似合わず空気が澄んだように落ち着いていて、まるで別空間だ。その光景に僕を始め、周りにいる人までもが目を奪われ息を呑んだ。数秒なのか数分なのか、どれくらい時間が経ったのかはわからない。すべてがスローモーションのように見えて、耳障りなはずの雑音は水の中にいるかのように遠くこもって何も聞こえない。成田さんの周りだけ現実世界と切り離されて、こんな悲惨な状況にも関わらず、まるで夢の世界の中にいるみたいに温かく優しい雰囲気に包まれていた。

「心臓、動いたぞ！」

「救急車も到着した！」

その声でハッとして我に返る。大きな希望の声に、あちこちから安堵の声が聞こえたけど、まだ油断ならないとすぐに周囲に緊張が走る。成田さんは立ち上がり、大きく手を振って救急隊を呼んでいた。

……何が起こった？　即死だったんじゃないのか？　心臓マッサージをして、心臓が動き出すのか？　奇跡が起きたんだろうか。でも、確かに彼に触れた時に見えた数字は【0】だった。今、死ぬんじゃないのか。まだ今日が終わるまで時間はある。けど、何かがおかしい。胸がざわついている。男性がストレッチャーに乗せられ、救急車に向かっていく。野次馬たちが下がって道をあける中、僕は無意識に飛び出していた。

「ちょっと君！」

止められるけど、確認せずにはいられなかった。男性の顔は心なしか、さっき会った時より血色が良くなっているように見える。意味がわからない。過労でふらふらだったのに、何で顔色が良くなってるんだよ。出血もひどかったはずなのに、止まりかけている。いつもなら自分から誰かに触れることは躊躇するけど、今はすんなり手が伸びて男性に触れていた。その瞬間、ゆっくりと目を開けた男性と視線が交差する。男性は瀕死な状態のくせして口周りの筋肉を動かし微笑んだ。

【1．0】

見えた数字に驚いて喉がヒュッと鳴る。この男性の余命は確かに【0】だった。彼は今日、死ぬ運命なんだ。それなのに、余命が一年増えている。増える人なんて今までに一度だって見たことがない。寿命は抗えない運命で、変えることは不可能なはずなのに。

一体、どうなっているんだ……？

「急いでるから」

救急隊の一人に、軽く肩を押されよろけて後ろに数歩下がる。呆然と立ち尽くす僕だけど、思考だけは勢いよく巡らせていた。今日死ぬ運命だった男性。ふらついて道路に出てしまったんだろう。そのタイミングで車が来てぶつかった。僕が着いた時には、男性の心臓が止まっていた。今日、死ぬ運命なのだから、本来なら彼はそのまま一生目を覚ますことはないはず。だけど、目を覚ました。余命が一年増えていた。彼は今日、死なない。呼吸の仕方を忘れたかのように息が乱れ始めて苦しくなる。鈍器で殴られたような衝撃が走り頭が痛い。どういうことだ？　変えられないはずの運命が変わっている。それって、なんだか……。

「あれ？　瑞季くんじゃん」

ビクッと大きく肩が跳ね上がった。今、まさに僕の頭の中に浮かんだ人物の声。さっき、必死に人混みをかき分けて、今日死ぬ運命だった男性に駆け寄り触れていた人。

「こんなところで会うなんて奇遇だね。野次馬？」

「…………」

「びっくりしたよね。でも、さっきの人、心臓動いたみたいでよかった」

さっきの成田さんの行動を、僕が見ていないとでも思っているのだろうか。この場に不釣り合いな笑顔を浮かべる成田さんは、救急車で運ばれた男性が今、生死をさまよっていることを知らないみたい。いや、逆だ。あの男性が生きることを確信しているみたいだ。心臓がうるさく音を立てて完全に不整脈になり、体ごと壊れるんじゃないかと思う。

「……事故に遭った男性、知り合い？」

「ううん。知らないよ」

知り合いでもないのにあんなに必死に駆け寄って、心臓マッサージをされている最中の人に触れるのは不自然だ。加速する心音のせいで、心臓が口から飛び出しそう。意識的に呼吸をして気持ちを整え、浮かび上がった仮説を整理する。

一年という単位。

余命が一年減ったことのある成田さんと、余命が一年増えた男性。この場に、神が決めた運命を変えた二人がいたこと。関係ないと思いたいけど、関係があると結びつけるほうが合点はいく。もし、もしそうだとするならば……。

「……成田さん」

「どうしたの？」

自分の中で、答えは導き出せた。あとは証明するだけだ。僕が彼女に触れれば、この仮説が正しいと証明される予感がする。こういう時の予感はなぜか百パーセント当たるんだ。手が震える。怖い、のか？　よくわからないけど、不思議な感覚。僕の知らない、言葉で表すことのできない感情に支配される。

「瑞季くん」

心配そうに揺れる大きな瞳で見つめてきた彼女が、僕の手を両手で包み込んだ。

【20．95】

「大丈夫？　顔色、悪いよ」

いっきに血の気が引いていくのがわかった。僕の仮説は、今正しいことが証明されている。

「無理もないよね。あんな現場を見ちゃったんだもん」

苦笑を浮かべる彼女と目を合わせることができずに、僕は顔を逸らす。

その代わり、彼女に握られた手に力を込めた。男性の余命が一年増えることと引き換えに、――成田さんの余命は、一年減っていた。

# 【2】

次の日、登校してきたばかりの成田さんが僕の肩に手をポンと置く。

「おはよう」

挨拶をする時に、ボディタッチするなんて、相変わらずフレンドリーな人だな。成田さんから触れてくることを拒まず受け入れる。その時に、脳内に流れ込んできて浮かび上がり見えた数字。

【20・94】

昨日、下校する前に教室で触れた時から一年と一日、余命が減っている。不自然な減り方。だけど、放課後に交通事故の現場で触れた時からは一日だけ減っている。規則的な減り方だ。

「……おはよう」

なんとか挨拶を返したけど、僕の頭の中は成田さんの余命のことで埋め尽くされてしまっている。昨日の交通事故のあとからずっと考えていた。いくら考えても最後に行きつくのはただ一つの事実。死ぬはずだった男性の余命が一年延び、それと同時に成田さんの余命が一年減った。ただそれだけ。いたってシンプル。だけど、どうしても受け入れがたい。だって、それってまるで、成田さんに自分の余命を他人にあげる能力があるみたいじゃないか。

「そんな難しい顔してどうしたの？」

成田さんが自分の席に座ってすぐ、僕に振り返る。彼女は知っているのだろうか。自分の余命が減っていることについて。自分の余命を他人にあげる能力があるかもしれないことについて。昨日のあの行動からして、何かしらは知っているような気がする。一瞬の迷いもなく、顔見知りではないと言っていた被害者の男性に駆け寄って触れていた。その後、男性は心臓が動き出す。夢かドラマかと思うほどのフィクションみたいな出来事が現実に起こった。やっぱり、成田さんなのか？　だとしても、自分が生きるはずの大切な余命を削ってまで、赤の他人へ余命を渡すものだろうか。笑顔で僕を見つめていた彼女の表情がだんだんと暗くなる。

「もしかして、昨日の……」

昨日、という単語に思わずドキッとする。ずっと考えていたことだから。成田さんも何か勘付いたのだろうか。

「そりゃそうだよね。目の前で事故なんかあったら、昨日の今日で忘れられない」

「あ、違くて……」

「違うんかい」

「いや、違うわけでもなくて……」

「どっち⁉　まぁでも、安心して。昨日の人は、生きてるって」

「どうして成田さんが知ってるの？」

「田舎ってすぐ情報回るんだから。今日も近所の人が話してたよ」

……確かに。僕の住んでいる田舎はこういう情報がすぐに回る。どこから聞くんだって思うくらい、少しでも変わったことがあれば噂される。実際に僕も母親から噂話を聞いたりすることもあるからそこは納得できて、素直に頷き受け入れた。でも、本来ならあの男性は昨日死んでいたはずなんだ。

「それで、違うなら何でそんな難しい顔してたの?」

「それは……」

成田さんに聞かないとわからない。だけどいきなり「他人に余命をあげてるの?」なんて聞けるわけがない。それが当たっていたら、まだ大丈夫だろう。でも、僕の勘違いだとしたら、すごく頭のおかしい奴みたいだ。何、マンガや小説みたいなことを言ってるんだってなるだろ。成田さんをじっと見て考える。大きな黒い瞳が僕をとらえたけど、少しして伏せられた。

「何でそんなに見るの。……照れるじゃん」

横の髪を掴んで顔の前に持ってくる。本当に照れているのか、ほんのり色づいた顔を隠す。照れて顔を隠すという行動まではわかるけど、髪の毛で隠すなんて。成田さんは僕の予想できない行動をする。

「ごめん」

「思ってないでしょ」

「だって、照れるなんて思わないじゃん」

「瑞季くんね、けっこうかわいい顔してるんだよ？　そんな顔にじっと見つめられたら女子はみんな照れるよ」

「よくわからないけど」

「自覚ないことは知ってるよ」

　ふいっと顔ごと逸らされてしまった。成田さんのことはよくわからない。こんな僕に話しかけてくれる時点で、変わった人なんだとは思うけど。それから成田さんと話しているうちにホームルームの時間になり、会話は強制終了。今回の会話だけでは、有益な情報を得ることができなかった。

　授業中も休み時間も、成田さんのことばかり考えてしまう。本人は気づいているのか。そこがいちばん気になるところではある。他人に余命をあげる能力があることに気づいてはいても、余命が減っていることを本人は知らないのではないか。僕は触れた人の余命が見られるけど、成田さんにその能力はきっとない。いや、あるのか？　だから余命が【0】だった人の元に現れることができたとか？　ボディタッチが多いのも、そういう理由？

　考え出したらキリがない。一人で考えても正解がわからない無限ループに陥るだけで意味がないな。先に進むことができない。考えすぎて頭が混乱してきた。やっぱり本人に直接聞くのが、いちばん手っ取り早くて正確だ。その答えにたどり着いても、行動に移すことが難しい。ここでもまた、自分のヘタレさを強く思い知らされてしまった。

結局、成田さんとは普通に他愛ないことを話すだけで、能力についてはなかなか聞けず、事故の日から一週間が経った。今日も成田さんの挨拶ついでのボディタッチを受け入れる。その瞬間、雷が直撃したかのような衝撃が走った。ここ数日は特に変わりなかったこともあり、完全に油断していたから心臓が止まるかと思った。

【19.88】

事故後は規則的に一日ずつ減っていたはずなのに、今また一年単位で減っている。もう残り、二十年を切ってしまった。どうして？　いつ？　余命が減る早さへの疑問と、知らないうちに何かが変わっていくことの不安感で体が強張る。このままいくと……最悪な想像をしてしまい上手く呼吸ができない。このままじゃだめだ。きっとこれからも、どんどん成田さんの余命は減ってしまう。

今日、絶対に話をする。

成田さんに直接聞いてみよう。ついにその意思を固めるも、学校で話していい内容なのか、切り出し方はどうすればいいだろうか。そんなことを迷っているうちに放課後になった。自分の行動力のなさに腹立たしさを感じる。

「瑞季くん、また明日ね」

「あっ」

「ん？」

カバンを持って帰ろうとする成田さんのカッターシャツを掴む。言葉よりも先に体が動き、強引な形で引き止めた。話したい。

話さないといけない。今日、絶対に話すと決めたから。

「……一緒に帰らない？」

「え？」

僕の突然の誘いに、目を丸くして口が半開きになる。本当に驚いているようで、そのまま固まってしまった。そりゃそうだ。

最近では成田さんと毎日のように挨拶を交わしたり、話しかけられたら話すようにはなった。けど、本来僕は特定の誰かと話したりしないし、誰かと一緒に帰ったりもしない。まず時間や行動を誰かと共にすることを避けている。常にソロ活動をしてきたんだ。そんな僕が誰かを誘うなんて、自分でも驚いているのだから。

「花純、帰ろう！」成田さんのいちばんの友達である木下美玲が彼女を呼ぶ。

「あ、ちょっと待ってね」

その声にやっと動き出した成田さんは一度、木下美玲のほうへ顔を向け返事をしてから、すぐに僕に向き直る。

「一緒に帰るって、わたしと瑞季くんが？」

「うん」

「二人で？」

「できれば、二人がいい」

誘ってしまえばもうあとには引けない。こんな勇気を出すのは一度きりでいい。ここで、うだうだ悩むことは終わりにしたいから。

「わかった。昇降口で待ってて。美玲に言ってくるから」

「うん。ごめんね。ありがとう」

僕の返事を聞き、ニコッと微笑んだ成田さんは木下美玲の元へ行く。僕は言われた通りに、カバンを持って昇降口へ向かった。その間も、すごくドキドキしている。誰かを誘うってこんなにも緊張するのか。普段から誰かと登下校をしたり遊んだりしている人はすごいな。僕も三年以上前はそんな時期があったけど、性格も考え方もあれから大きく変わり、もうその感覚や感情は遠い昔のようで鮮明に思い出すことができない。今までどうやって他人と関わっていたのかも忘れてしまった。成田さんの場合は、彼女からガツガツ来てくれるからその流れに乗っているだけで、僕は何もしていない。でも、今回は僕が自分で話さなくてはいけない。流れに乗るだけでは話せない内容を、僕から切り出さなければいけない。

「はぁ……」

考えただけで気が滅入りそうになる。それでも、知ってしまったからには、このまま放っておくことはできない。僕自身、余命が変わるというありえない現象に対して疑問があふれて落ち着かないし、余命が減っていくのは成田さんのためにも良くないと思うから。もう一度静かに息を吐き出し、昇降口で靴を履き替えて、成田さんを待つ。部活の練習着で急いで廊下を小走りしていたり、友達と談笑したりしながら僕の前を通っていく生徒の姿をボーッと視界に入れる。まだ、どんなふうに話をするかは思いついていない。頭の中でいくつかのシミュレーションをしてみても、うさん臭く怪しい感じになってしまう。想像でこれなら、現実はどうなることやら。

「瑞季くん！　お待たせ‼」

「うおっ」

成田さんの元気な足音と声からの突進に、鈍い声が出る。

不意打ちで気を抜いていたため踏ん張りがきかず、そのまま押されたほうへ三歩ほどよろけた。突進の勢いに遠慮が感じられないのは、実に成田さんらしい。

「もう、瑞季くんは弱いなぁ」

「イノシシかと思った」

「ひどい！　か弱い女の子に対して、イノシシだなんて！　せめてウリ坊くらいにしといてよ」

「あんまり変わんないでしょ」

ぶつかられた箇所を何度かさする。突進の勢いが強すぎたせいで一瞬息ができなくなるし、彼女の余命も見えるしで、最悪なコンボ。身体的と精神的なダメージを同時に受けた。

「さぁ、行くよ。瑞季くんがわたしと帰りたくて仕方ないみたいだからね」

「…………」

少し語弊があるけど、それはこの際どうでもいい。靴を履き替えた成田さんと一緒に校舎を出る。

「……友達は大丈夫だった？」

「うん！　瑞季くんにデートに誘われたからって言ったら、しぶしぶだったけど行ってきなって」

「デートじゃないんだけど」

「デートじゃないの⁉」

　僕の言葉に対して、大袈裟に声を上げる成田さん。歩いていた足を止めてまでのリアクションに、僕も足を止めて振り返る。いちいち反応が大きいな。そしてわざとらしい。だけど、そんな彼女の反応にも慣れてきて驚かなくなった僕がいる。またやってる、と流せるくらいには話す機会と関わる時間が増えているらしい。

「わたしのこと、弄(もてあそ)んだの……？」

　俯きがちに呟くと、視線だけ動かして僕の顔色をチラッと窺う。

　唇を尖らせ、あからさまに拗ねた表情を作っている成田さん。「弄んだ」なんてこっちのセリフだ。遊ばれているのは彼女ではなく完全に僕のほうだろ。

「……そういうのは反応に困る」

「知ってる。そんな瑞季くんの反応がおもしろいからやってるんだもん」

「性格悪いね」

「お茶目なだけだよ」

「そういうことにしとくよ」

　ここで長く言い合いをする気はないから、否定はせずに軽く流した。だけど、僕のその対応が気に入らなかったようで、今度は本気で拗ねたような表情をする。

「張り合いがない！」

「張り合うつもりがないからね」

「もう怒った。そんなこと言うなら一緒に帰ってあげない」

「僕の勇気返して」

「え？　勇気出したの？　わたしを誘うためだけに？」

拗ねていたかと思えばすぐに笑顔になって隣にきた成田さんに、今度は僕がむっとする。わかりやすくハミングなんかして、機嫌がいいとアピールするところもわざとらしい。成田さんは喜怒哀楽すべてを大きく表現する人だと改めて感じた。彼女には気づかれないように小さく息を吐く。僕と違いすぎる彼女の相手をするのは正直すごく疲れる。

「僕はずっと一人だから、こういうのに慣れてないんだよ」と言いながら大股で歩き、成田さんより数歩前に出る。

「悪い？」

顔だけで振り返って投げやりに言葉を声に乗せると、すぐに前を向いて歩くスピードを上げた。人を誘うということが、僕にとってどれだけ難しくて大変だと思ってるんだよ。ぼっち舐めんな。

「悪くない！　嬉しい！」

ザッと地面を蹴る音が聞こえたから、すぐさま横へとずれる。

と、同時にさっきまで僕がいた位置に来る成田さん。避けておいてよかった。そのまま隣に並んで、グラウンドから響く運動部のアップの掛け声を聞き流しながら歩く。校門を抜けると外周を走っている陸上部がいて、ぶつからないようにするためもあるけれど、その中にクラスメイトを見つけたから成田さんの後ろに行き軽く俯いて顔を隠す。

「照れちゃって」

僕の行動の理由がわかっていたらしい成田さんは、陸上部が通り過ぎたあとにボソッと笑い交じりに呟いた。それには聞こえていない振りをして返事をしなかった。

春にはピンクに染まる、今は緑色の桜の木に沿って歩き公道に出る。

「今日はどこか行くために誘ったの？」

「そういうわけじゃないけど」

「じゃあ、今すごく気分がいいから、わたしがぼっちの瑞季くんに放課後の遊び方を教えてあげるね！」

僕を振り返りながら満面の笑みを浮かべる。彼女はいつでも明るくて、人生が楽しそうだ。もう……余命は二十年を切ってしまっているけれど。

暗くなりそうな考えを、軽く頭を左右に振ることで追い出す。話すだけ。確認するだけ。それが今回の目的ではあるのだけど、僕は成田さんと話していくうちに、成田さん自身にも少し興味をもち始めているのだと思う。

彼女が普段何をしているのか。どう過ごしているのか。彼女の生い立ち、今を作り上げているものは何なのか。

余命を渡すことができるとするのなら、どうして自分の余命を渡すのか。僕は気になっている。

「よろしく」

だから、彼女の提案をすんなりと受け入れる。僕の返事に満足そうな表情をした彼女は、僕の手をとり走り出した。

「時間は有限。走るよ」

「ちょっ……」

青春ドラマか何かかと思うような展開。だけど、触れているせいで頭の中に浮かび上がる数字に、現実を突き付けられる。彼女が言った『時間は有限』を現在進行形で目に見えて実感中だ。走っているせいではない息苦しさを感じ、彼女の手から自分の手を抜き取り、追い越していく。

「遅いね」

「うわ、競争だね。負けない！」

目的地はわからないけど、触れて余命を見ないために前を走る。負けず嫌いらしい成田さんは、僕の挑発的な言葉にすぐに乗っかり負けじと全力疾走。

適当にまっすぐ走っていたら「残念、こっちです～！」と僕が通り過ぎたあとに道を曲がる彼女に何度か腹を立てながらも、地元民のたまり場である駅と繋がっているショッピングモールに着いた。

「はぁはぁ……瑞季くんってけっこう、足速いんだね」

「君もなかなかやるね……はぁ」

お互い息を切らしながらショッピングモールに入ると、涼しい空気に包まれる。走ったせいで無駄にかいた汗が、ゆっくりと引いていく。

「とりあえず飲み物買っていい？」

「わたしも買う」

まずはショッピングモール内のスーパーで飲み物を購入。喉がカラカラだから買ったばかりのミネラルウォーターをすぐに開けていっきに飲む。体育の時でもこんなに思いきり走ったりしない。明日は筋肉痛になるかもしれないな。次の日のことを想像し憂鬱になる僕とは裏腹に、カルピスを飲みながら笑顔の成田さん。

「あー、楽しかった。次はゲーセンね」

「えっ」

「ほら、行くよ」

休む暇はほんの一瞬しか与えてくれないようで、成田さんはそそくさとエスカレーターで上の階へと行く。僕も急いであとをついていき、ゲーム台がたくさん置いてある一際ピカピカして、目がチカチカするコーナーに入った。壁に囲まれていないため開放感があるからまだいいけど、あまりこういうところは得意ではない。音がごちゃごちゃしていて、頭にガンガン響くから。僕には似合わない場所だと思っていたのにまさか入ることになるとは、人生何があるかわからない。

「瑞季くん、こっちこっち」

成田さんは僕の心境なんて知らず、奥のほうから振り返って、僕に大きく手招きをする。小さくため息をつくことで体の力を抜き、心の準備をしながら成田さんの前までゆっくり歩いた。

「今日はこれで遊びます」

その言葉と同時に、ブレザーのポケットから取り出した丸い銀色の物を前に突き出して見せてくる。普段遊ばない僕はそれがお金ではなく、メダルゲームのメダルだと気づくのに数秒かかった。

「……一枚しかないけど」

「まぁ見ててよ」

成田さんがニヤッと片方だけ口角を上げた。そして、近くにあった金魚すくいのゲーム台に躊躇することなくコインを入れた。順番に泳いでくる金魚の上にはそれぞれ違う数字が見える。

え？　僕、ゲーム内の金魚の数字も見えるのか？

混乱しているうちに、成田さんは〝10〟と書かれたゴツめの金魚と言っていいのかわからない紫色の金魚をゲットした。その瞬間に金属特有の高い音が連続で響き、何かが落ちてきたことを知らせる。

「はい、十枚になったよ」

「え？」

「一枚が十枚に増えたでしょ？」

「そ、うだね……」

あっという間に十倍になったメダルに驚く。両手にそれを持って自慢げに見せてくる彼女は、今日いちばんの笑顔だ。金魚の上にある数字は、獲得できるメダルの枚数だったらしい。メダルゲームをしているんだから、普通に考えてそうだよな。自分の能力のせいで、見える数字がすべて余命に思えてしまっていた。

そんな自分の思考回路に、心底うんざりする……。

「へへっ。すごいでしょ？　見直した？」

「うん。ちょっとびっくり……」

自分がこんなにも、余命が見える能力に支配されていたということが。これが僕の当たり前で日常ではあるけれど、振り回されすぎて疲れる。この感情を今の僕はまだ自分でコントロールできないから余計に。

「そこまで？　けっこう簡単だよ。瑞季くん、したことない？」

「ないよ」

「そっか。じゃあ、半分こ。メダル増やすぞ～！」

拳を上へ突き上げ気合いを入れる成田さんは、僕をチラッと見る。やれ、と？　目は口ほどにものを言う、とはこのことだろうか。対人関係が弱い僕だけど、視線だけで成田さんの言いたいことがわかった。

「お、おー……」

「全然だめ。もっかい。やるぞー！」

「オー！」

「できるじゃん」

高く上げた拳が恥ずかしい。やらないほうが面倒だと思い切ってしまったけど、失敗だったかもしれない。いや、絶対に失敗だ。放課後ということもあり、同じ制服を着た人がこのショッピングモールにいたのを、エスカレーターで上がりながら確認している。いつどこで、誰が見ているかわからないのに、こんなことをするなんて僕らしくない。

成田さんといると、やっぱり彼女のペースに巻き込まれて自分のペースを見失ってしまう。

「頑張ろうね」

彼女の声を聞き流し、先ほど見たばかりの金魚すくいのゲームをしてみる。タイミングを見計らってボタンを押すだけ。単純なゲームだ。これくらいなら簡単にできるだろう。さっき、彼女は〝10〟と書かれた金魚をとっていた。正直にいうと成田さんのペースに巻き込まれてばかりで、僕もいい気はしていない。だからここは、せめて成田さんよりも大物をゲットしたい。自信満々な彼女の鼻をへし折ってやる。そんな気持ちで〝10〟以上のものに狙いを定める。数字の少ない金魚を数匹見逃して、ついに〝10〟以上の〝14〟が来た。

僕は迷わずボタンを押す。

「……あれ？」

「残念だったね」

首を傾げる僕の耳元に、笑いを含んだ声でささやかれる。

むっとして彼女を見れば思いのほか至近距離にいて、ムカつくくらいにニヤニヤしていた。悔しくなり思いきり顔を逸らす。

「たまたまだし。初めてだから様子見しただけ」

「ふぅん。まぁ大物は難しいからそう簡単にはとれないよ」

そう言った彼女の手の中のメダルはあきらかに増えている。それを見て余計に僕の競争心に火がついた。

「絶対にとる」

「あと四枚、頑張ってね」

顎を上げて余裕の笑み。あからさまな挑発だけど、乗ってやる。成田さんのその余裕な表情なんてすぐに崩すから。調子に乗っていられるのも今のうちだ。

……と、やる前は強気に思っていたけど、呆気なく撃沈。残り四回のチャンスをすべて大物に当てて、結局一匹もとれずにメダルは一瞬で消えていった。

「あれれ？　瑞季くん、もうメダルないの～？」

「………」

「さっきの威勢はどこにいったのかなぁ？」

「……うるさい」

生き生きとして煽ってくる彼女から顔を逸らし真反対を向く。だけど、わざわざ回り込んできて、自分の獲得したメダルを僕の視界に入るように見せてきた。ほんと、いい性格をしている。

「仕方ないから、分けてあげよっか？」

「……………」

「もちろん、タダじゃないよ。わたしと勝負をしてもらいます」

「勝負？」

「今から三十分後にメダルが多い人が勝ちっていう単純な勝負。負けたらクレープ奢りね」

「……のった」

「よし、じゃあスタート！」

メダルを再び半分もらい、僕の小さなプライドをかけた勝負が始まった。成田さんには負けられない。数字の少ない金魚から何度も挑戦していくうちに、最初は逃げられてばかりだったのが、少しずつコツを掴んで大物もとれるようになってきた。だけど、慣れてくるとだんだん欲が出てくるもの。それは僕も同じで、超大物をとりたい気持ちが強くなる。そのタイミングで〝50〟という数字を持った周りにキラキラがついている大きな金色の魚が現れた。ここまで、この単純な金魚すくいに時間をかけてきたんだ。これはとるしかない。とれたら僕の勝ちは確定だ。残り時間が十分を切ったところで、僕はその超大物に狙いを定めて、この勝負に本気で勝ちにいった。結果……。

「はい、わたしの勝ち。クレープクレープ」

「……接待試合だよ」

「もしそうだとしても、勝ちは勝ち。最後の最後で使い切っちゃうんだもん。熱くなってたね?」

「クレープでしょ。行くよ」

彼女のにやけた顔を見ないようにして、ゲームセンターのすぐ目の前にあるクレープを売っている店へ移動する。ほんと、柄にもなく熱くなった。ここまで熱くなったのは久しぶりだ。いや、案外さっきのショッピングモールに来るまでの道のりぶりだったりするのかもしれない。彼女のせいで、僕らしくない面ばかり出てきて気持ち悪いな。本当はこういうことをするために、出したくもない勇気を出して一緒に帰ろうと誘ったわけではない。今彼女と、放課後を一緒に過ごしているわけではないんだ。

自分の今日いちばんの目的を思い出す。

「スペシャルチョコバナナにしようかな」

「遠慮ないね」

「勝者ですから。トッピングもつけちゃお」

勝ち誇った笑みで、いちばん高いクレープを注文し、さらにトッピングを二種類も追加され、またもや遠慮のないところに成田さんらしさを感じた。成田さんの勝利のクレープと僕の分のミルク味のジェラートを一緒に会計する。

「瑞季くん、ありがとう」

「はいはい」

「本当に奢ってくれるんだね。びっくり」

「財布出してないくせに、よく言うよ」

「ははっ。ごめんね」

「べつにいいけど」

奢られる気満々なことくらいわかってる。友達付き合いがない僕は、毎月のお小遣いだけで多少お金は貯まるからクレープくらいべつにいい。それに、そういうルールでしていたわけだから、ここでごねたら、それこそすごくかっこ悪いだろ。これ以上かっこ悪くペースを乱されるのはごめんだ。

「はい、お待たせ」

おばちゃんの店員さんがクレープとジェラートをカウンターに置いた。軽く会釈をしてからそれを受け取る僕。成田さんは「ありがとうございます！」とハキハキとした声でお礼を言って受け取っていた。

ここでも、僕と成田さんの性格が根本から違うと感じる。こんなにも違うのに、成田さんはその違いから生じる距離感を感じさせない。彼女に促されるまま近くのベンチに座って、ジェラートを口に運ぶ。冷たさと優しいミルクの甘さに、やっと心が落ち着き一息つけた。

「ん～、やっぱり最高においしぃ！」

いちばん高いクレープなんだ。トッピングまで追加したんだ。しかも遠慮なしに二種類も。そんなの、おいしくないと困る。

ニコニコしながら大きな口で頬張る成田さんは、まるで肉食獣みたいだと思った。

どんどん食べ進めていく姿をじっと見ていると、僕の視線に気づいた彼女は口いっぱいのクレープを飲み込んでから口を開く。

「わたしの食べる姿がハムスターみたいでかわいくて見惚れてた？」

ニヤニヤしている成田さんだが、めずらしくかすりもしない大外れだ。

「逆」

「逆？」

「肉食獣みたいだなって。クレープというかかわいらしいスイーツをこんなに豪快に食べられる人がいるのかと……」

「ちょっと！　それは乙女に対してひどいんじゃないの!?」

「驚いただけだよ。乙女の食べ方はすごいなって」

「ばかにしてる！」

顔を真っ赤にさせた成田さんはもしかしたら恥ずかしがっているのかもしれない。そういえば、見られるだけで頬を染めて照れるくらいだ。案外、照れやすいタイプなのかもしれないな。意外だけど。

「もう、知らない。瑞季くんっていじわる……」

本気で拗ね始める成田さんに、多少の面倒くささを感じつつも自然と頬が緩む。なんだか、こんな成田さんの表情を見れて、少しだけ勝った気になったのだ。そのまま僕はジェラートを食べきり、彼女は先ほどの豪快な食べ方とは打って変わってチビチビと食べ進め、時間をかけて完食していた。

「はぁ……瑞季くんが肉食獣とか言うから、変に意識しちゃって楽しく食べられなかったじゃん。けっこうショック」

「ごめんごめん。でも、途中からはヒグマみたいだったよ」

「それも肉食じゃない⁉」

成田さんはすぐに勢いよくツッコんでくれる。話をよく聞いていて、テンポよく返すことができる。だから成田さんは、誰とでも仲がいいんだろうな。そして僕みたいな友達のいない地味で暗い人とも一緒にいられる。成田さんについて軽く分析していると、彼女は何の前触れもなくバッとベンチから立ち上がった。

「さ、次行こう」

「次はどこに？」

「まぁ、ついてきてよ」

そう言ってクレープの包み紙を近くのごみ箱に入れると、エスカレーターに向かって歩き出す。僕も残ったカップとプラスチックのスプーンをごみ箱に入れ、成田さんのあとに続く。目的地がわからないままショッピングモールを出て、寂れた商店街をどんどん進む。半分ほどの店がシャッターを閉めているけど、最近は少しずつ新しくおしゃれなカフェや流行りの店が入ってきたりして、以前の活気を取り戻そうとしている。実際、おしゃれなカフェは中高生から二十代にかけて男女問わず人気らしい。ということを今、成田さんが説明してくれた。そんな他愛ない話を成田さんが一方的にして、それを聞き流しながら歩き続けること十数分。着いた場所は大きめの公園。だけど公園には入らずにまっすぐ進むから、公園ではないのかと不思議に思いながらついていく。すると、河川敷へと繋がる長めの階段が見えた。

「えっと、河川敷が目的地だったの？」

「そう。青春でしょ？」

「青春なの？」

「田舎の高校生は、河川敷で青春するんだよ」

それは偏見じゃないのか。そう思うけど、まぁいいや。成田さんはきっとそうなんだから。

「男女二人で河川敷ってめちゃくちゃ青春じゃん」

「へぇ」

どう反応するのが正解かわからず、とりあえず生返事をする。それには成田さんもいい気がしなかったのか、僕の前に出て振り返り仁王立ちした。

「もっと人生楽しもうよ！　一度きりなんだよ！」

「そうだね」

「反応うっす。今生きてることが当たり前だと思ってない？」

……そんなこと、思っているわけがない。僕は常に死を感じている。誰よりも死に対して強く意識している。誰しも、生まれた瞬間からカウントダウンは始まっているんだ。まるで死ぬために生まれてきたかのように。

「当たり前なわけない」

僕はよく知っている。

他の人よりも死に対して身近に感じることができてしまう。だから、今生きていることが当たり前ではないこと、この時間が続かないことは、きっと誰よりもわかっている。

「人は死ぬよ」

人は必ず死ぬ。それは変えられない事実。長さは違えど、結末は全員同じだ。それだけは当たり前に、みんなに平等にやってくる。

「わたし、そんな話してないよ」

暗くなった雰囲気には似合わない明るめの声のトーン。あっけらかんとした態度に拍子抜けして、無意識に入っていた力が抜ける。

「そんな話でしょ？　今生きてることが当たり前じゃないって」

「生きてることが当たり前じゃないイコール、人はいつか死ぬって話にならないよ」

成田さんの言っている意味がしっかりと理解できず首を傾げる。だって普通に考えるとそういうことだろ。彼女にとってはそうじゃないというのか。

「当たり前じゃない。だから、今を全力で楽しもうねってことだよ」

「……そう」

「そうなの！　もう、すぐマイナスで捉えるんだから。瑞季くんっていっつもそうなんでしょ？」

そこは否定できない。常に身近に死を感じるから、僕は何でも諦めてしまうようになった。どうせ死ぬんだから、何をしても無駄だって。

何かを頑張っても、その先には何もない。そんなのはただ、虚しいだけだ。結局最後は何も残らないんだから、頑張る意味がない。すべては無に帰す。この世界はそういうふうにできている。

「なるようにしかならないんだからさ、気楽にやりたいことして、あとは運命に身を任せようよ。どうせなら楽しいほうがいいに決まってるじゃん」

それが僕にとっては苦痛なんだ。運命が見えるから。僕には人の死ぬ運命しか見ることができないから。運命に身を任せるならそれこそ、死ぬほうへ一直線に向かっていくだけだろ。

「……成田さんは、気楽にやりたいことしてるの?」

「え?」

階段を上りきってから成田さんに尋ねた。僕の質問の意味がわからなかったのか、きょとんとした表情で僕を見ている。

「成田さんは今、気楽にやりたいことできているの?」

だからもう一度、同じ質問をした。僕が真剣に聞いているからだろうか、彼女から笑みが消える。

「できてるけど、どうして?」

成田さんも真剣な表情になり、声のトーンを落として聞いてきた。だって、気楽に余命をあげることなんてできるわけがない。誰だって死ぬのは怖いんだから。成田さんの質問に答えることができなくて、口をつぐむ。正直に言うべきか。いや、言うために今ここにいるんだ。僕は伝えなくてはいけない。間違っていたとしても、僕の勘違いだとしても、成田さんの余命が減っているのは確かなんだから。知ってしまった以上は、まだ話すようになって期間は短くても関わりのある彼女が、絶対なはずの運命よりもっと速いスピードで死に向かっていることを放っておくなんて、僕にはできない。

「成田さんは……他人に自分の余命を渡すことができる人って、いると思う？」

本当は、僕の勘違いならいいと、今でも思っている。そんなことできる人はいないほうがいいに決まっている。神が決めた運命に従って、人生を全うするべきだ。だって、そうでなければ……一人の女子高生が背負うには、あまりにも重すぎるじゃないか。

「……瑞季くんは知ってるの？」

お互いにしっかりと答えない。質問を質問で返してばかり。まっすぐに僕に向けられる成田さんの瞳は、揺れているように見えた。

「わたしが、息絶えた人に触れて強く願えば、命を渡せること」

ドクン、と大きく心臓が音を立てた。それから息ができなくなるほど、心音が大きくうるさく加速していく。

「なんか最近、瑞季くんがわたしと話したそうにしているなって思ってたけど、この能力について知ってたからなんだね」

「……うん」

「普通、こんな能力があるなんて気づかないと思うんだけどな。実際、わたしが能力に気づいた時に周りの人に言っても、誰にも信じてもらえなかったし」

笑い交じりに言いながら、静かにゆったりと流れる川のほうを向いて、階段に腰を下ろす。僕もその隣に移動して腰を下ろした。周りに言っても信じてもらえないのは僕も経験済みだから、成田さんの気持ちがよくわかる。わかるからこそ、僕は信じることができる。

「いつからわたしの能力に気づいてたの？　もしかして、交通事故の時？」

「成田さんと話すようになってすぐあたりに気になって、あの事故の時にそうなんじゃないかって確信に近いものがあった。確認するまで信じがたい気持ちもあったけど、やっぱりそうだったんだ」

「そうなんだね。やっぱり瑞季くんはすごいね」

全然すごくない。僕の力は何の役にもたたない。自分の命を削ってまで他人を助けることができる成田さんのほうがよっぽどすごい。

「それで、瑞季くんは何を隠しているの？」

「え？」

「瑞季くんも何かあるんでしょ？」

顔をこちらに向けてニコッと笑う。その顔は、僕が何か秘密にしていることがあると言いたげな表情。彼女も確信を持っているようだった。

「人と距離をとっているのもそのせいなんでしょ？」

勘が鋭いな。

成田さんって意外と人を見ているらしい。上辺だけで他人と関わっていないからこそ、僕みたいな人の裏側まで気にかける。いつでも彼女はまっすぐで裏表がない。

「ただ、僕が人とコミュニケーションをとることが苦手なだけだよ」

「それは関わってみたらわかる。瑞季くんはあえて、周りと距離を置いているよ」

「その心は？」

「だって、一緒にいると楽しいから。たくさんの友達に囲まれるタイプだよ」

「僕のこと買いかぶりすぎ」

触れたら見える数字が余命で、その余命は変えられないと気づくまでは、自ら他人と距離をとろうとは考えていなかった。その時もべつに友達が特別多いわけではなかった。だから、成田さんは人をよく見ているけど、見方が外れる時もあるようだ。

「少なくとも、わたしは瑞季くんといると楽しいよ。いつも影を薄めている瑞季くんのことがずっと気になってて、話してみたらこんなにも楽しい人だった」

「変わってるね」

「あと、すごくシンパシーを感じたんだ」

「シンパシー？」

「握手した時かな。ビビッときた。この人はわたしと似て何か持っているって」

やっぱり彼女は勘が鋭いらしい。いや、直感だけで生きていると言ったほうが正しいのかもしれない。じゃないと、シンパシーなんて感じない。あの時、僕はそんなの少しも感じなかったんだから。

「それで、そろそろ教えてよ。瑞季くんは何を隠しているの？　じゃなきゃわたしの能力について信じないし、事故の現場に居合わせたところで余命を渡せるなんて思わないもんね」

僕の秘密について話が逸れていたけど、彼女は強引に戻してきた。僕を真剣な表情で見つめる彼女と視線がぶつかる。言わなければいけない。彼女の運命を伝えなければいけない。一度大きく息を吸って、ゆっくりと吐く。そしてまた息を吸い込んだあとに口を開いた。

「僕は、触れた人の余命が見えるんだ」

極めて平静を装い言葉にした。だけど、自分でもすぐ気づけたほどに声が震えていて、平静を装えなかったとわかる。僕の能力を伝えるということは、彼女の余命が少ないと伝えたことと同義になる。彼女の能力によって、余命が減っているのだと伝えたんだ。そんな残酷なこと、平静を保てるわけがない……。

「なるほど。だから気づいたんだね」

だけど、想像していたよりも彼女の声はあっけらかんとしていて、深刻には捉えていない様子だった。

「ってことは、やっぱりわたしの余命、減ってたんだ？」

「え？」

やっぱりって、気づいていなかったんじゃないのか？

「合ってる？」

「う、うん」

「そっか」

どうして彼女はこの話を聞いても、何も変わらないんだ？　どうして、ひとつも動揺する素振りも見せずに普通でいられるんだ。内心はどう思っているのか知らないけど、表には驚くほど出ていない。いつも通り過ぎる。

「減っていることは知らなかった？」

「うん。知らない。そうかな、とは思っていたけど」

余命が減っていると言われたのに、その反応は軽すぎないか。声のトーンも変わらない。他愛ない話をしている時と同じように、淡々としている。

「怖くないの？　こんなこと言われてさ」

「まぁ元々、この能力を初めて使った時に願ったことが『わたしの一年あげるから』だったし、薄々は勘付いてたよ」

「そうなんだ」

「この際だから、瑞季くんには教えてあげるね」

僕が気になったことを知ってか知らずか、彼女は両手を空へ向かって伸ばす。体の力を抜いてから、太陽に反射してキラキラする川面(かわも)を見つめ口を開いた。

「あれは、わたしが小学六年生の時かな。ハムスターを飼ってたんだけど、一年半で突然何の前触れもなく死んじゃったの。わたしが飼ってたハムスターの寿命はだいたい二年から二年半なのに、一年半で」

突然の別れだけでもすごく悲しいのに、平均寿命より早く死ぬなんて心が追いつかないよな。

人間もペットも、それは変わらない。

「おばあちゃんもめずらしく泣いてて、わたしも大号泣。人間の一年とハムスターの一年はまったく違うんだよね」

人間の一年はあっという間。平均八十年くらいで終わる人間と、二年そこらで終わるハムスターのような小動物。どちらも同じ一生だけど、比べてしまえばあまりにも儚く感じてしまう。

「だから強く願ったの。息をしていないハムスターを優しく撫でながら」

「うん」

「わたしの一年くらいあげるから、生きてほしいって」

「そうしたら？」

「そうしたら、もう動かない、息もしていなかったハムスターが動き出した」

本当にそんなことがあるのか。正直信じがたい話だ。だけど、僕はすでにその信じがたい光景を見ている。止まったはずの人の心臓が再び動き始めるところを。死ぬ運命だった人の余命が延びたところを。

「その時にわたしは、死んでしまった生き物を生き返らせることができるって気づいた。飼っていたハムスターもちょうど一年後に亡くなったから、願いが届いたと思った。そこでもう平均寿命に達してたからよく頑張ったね、ありがとうって笑顔で見送ったの。だから、二回目は渡してないし渡せるのかは知らないけど。まぁ、自分の一年あげるって強く願って、本当にあげられているとは普通思わないじゃん」

「…………」

「それじゃあどこからだよってなるよね。神の手を持ってるのかと思った時もあったけど、やっぱり減ってるんだもんね。ってことは一年ずつかな」

「…………」

「でも、すごくない？　わたしの願いが届いたってことだもん。思い通りになってるんだよ？」

「……この前みたいに、知らない人にもあげてるの？」

彼女は明るく話しているけど、僕はそんな気にはならない。だから、認めることもできずに疑問をぶつけた。彼女が明るく振る舞えば振る舞うほど、なんだか虚しく感じてくる。

「そうだね。死ぬところなんて見たくないし、助けられるなら助けるべきだよ」

「成田さんの寿命を削っても？」

「それで助かるならいいじゃん」

……どうして一切の迷いもなく、そんなことが言えるんだ。死ぬのは怖いだろ。なのにどうして言い切れるんだ。何で『いいじゃん』なんて簡単に言えるんだ。

「人はいつか死ぬんだよ」

「でも、そのいつかは今じゃなくてもいいと思ってる。助ける方法があるのに、何もしないほうが嫌だから。わたしのこの能力も万能ってわけじゃないの。原型があること、心肺停止になったこと、温もりが残っていること、渡す相手に触れること、強く

「心肺停止した人じゃないと確認できないんだろう。でも、そこまで自分の能力についてわかっているということは試してきたのか？　自分の余命も知らずに、この前のように知らない人を助けてきたのか？　薄々でも自分の余命を渡していると勘付いていたなら、その時点ですぐに止めるべきだろう。

願うこと。そのどれかひとつでも欠けていたら渡せないんだと思う」

心肺停止ではない人だと、渡せたのか渡せていないのかはわからないし、と補足する成田さん。彼女は余命が見えるわけではないから、確かにちゃんと渡せたかどうかは心肺停止した人じゃないと確認できないんだろう。でも、そこまで自分の能力についてわかっているということは試してきたのか？　自分の余命も知らずに、この前のように知らない人を助けてきたのか？　薄々でも自分の余命を渡していると勘付いていたなら、その時点ですぐに止めるべきだろう。

「それで成田さんの余命が尽きるかもしれないんだよ？」

いや、かもしれない、じゃない。それで余命が尽きるんだ。他の人を助けて、彼女が死んだら意味ないじゃないか。本来なら死ぬ運命ではない彼女が死ぬ運命になってしまうなんておかしい。自分を犠牲にしてまで、他人を助ける必要なんてあるのか。運命は不平等であり、それはみんな平等なんだ。だから運命に身を任せようと言うのなら、彼女一人が体を張り命を削るべきではない。

「その時はその時だよ。べつに今考える問題でもない」

「何でそんなことが言えるんだよ。普通はもっと迷うし躊躇するんだよ。何でそこまでして自分を犠牲にできるんだよ……」

僕には彼女の考えが理解できない。彼女がどれだけ強くまっすぐな意志を持っていても、何ひとつ響いてこない。

「瑞季くんは、怖いんだね」

彼女が僕に向かってそっと手を伸ばし、肩にポンと乗せられた。

同時に余命が見える。

【19.88】

……怖いに決まってるだろ。怖くないわけがない。

「……見えてる？」

「……うん」

「……そっか、ごめんね」

小さく謝ると僕から手を離す。

そして、へらっと曖昧に笑った。

「そうだよね。余命が見える瑞季くんは、人の死に敏感になるよね」

「……聞かないの？」

「何を？　わたしの余命？」

「うん……」

「気にならないって言えば嘘になるけど、知ってもいいことないでしょ」

その通りだ。

自分がいつ死ぬかなんて、知ってもいいことなんてない。死をリアルに感じるだけだ。迫ってくる死の恐怖に脅かされて生活することになるだろう。いくら明るくて常に笑顔の成田さんでも、そうなってしまうかもしれない。

「だから、瑞季くんだけが知っていて」

「……君は残酷なことを言うね」

「わたしは嬉しいよ」

……ほんと理解できない。この場に不釣り合いな笑顔とセリフ。

「それよりも、瑞季くんについて知りたいな」

顔をこちらに向けて、まっすぐに僕を見つめる大きな黒い瞳。正直、この瞳には弱いんだと思う。

「……僕はたぶん、生まれた時から触れた人の数字が見えていた。だけど、その数字が余命だと確信したのは中学二年生の夏」

彼女の瞳に促されるように、僕は自分の能力について話し始めた。誰かにこの話をするのは初めてだ。みんなに不審がられ、両親にも心配をかけて以来、絶対に誰にも言わないと決めていたから。小さいながらに話さないと決めると、強い意志を持って誰一人として話すことはなかった。

「祖父の数字が【0】になった日、祖父は死んだ。それをきっかけに見える数字は余命だと知って、僕なりにもがいてみたりもしたけど、この数字は絶対なんだと気づいた。生と同じでそれぞれに神が与えたものだから変えられない。そこまで気づいて以来、誰かに触れることが怖くなった」

「だから、他人と距離をとるんだね」

「そうだよ。仲良くなれば接触が増えるし、いくら何十年先だとしても、余命が見えるのは気分がいいものじゃない」

「確かにそれだと、人と関わりたくなくなっちゃうのかもね」

そこは共感してくれるらしい。

「でも、だからこそ関わらないといけないいんじゃない？　知ってるからこそ、たくさんの人と関わるべきだよ」

いや、共感なんてしてくれていなかった。ただ僕の気持ちを認めただけであって、すぐに成田さんの反対意見が飛んできた。彼女は本当に残酷なことを言う。

「死が迫っていることを意識したくない」

「じゃあ、触れなきゃいいじゃん」

「少し触れるだけで見えるんだよ。かすめる程度でも、頭に浮かび上がってくる感じで、一瞬なのに鮮明に見える」

「人混みとか大変そう」

「そうだよ。満員電車とかだと触れたくないのに、いろんな人に当たるから」

相槌を打ちながら、成田さんは僕の話を興味深そうに聞いている。彼女が聞き上手だからなのか、僕も一人でこの能力を隠してきたからその反動なのか、思わず話が進んでいく。

「中学の体育祭のあとにフォークダンスがあったんだけど、その時がいちばん地獄だった。顔見知りの人の余命を順番に見ていくんだから」

「それおもしろいね」

「いや、まったくおもしろくないんだけど」

「順番にみんなの余命を見てくなんてさ。それで瑞季くんは、せっかく女子と手を繋げるチャンスなのに、青ざめてるんでしょ？」

青ざめてたのかな。まぁ、気分は最悪だったから、顔に出ていたかもしれない。

「もったいないなぁ。女子に触れたいだろうに」

「僕がそういうタイプに見える？」

「むっつりなタイプでしょ？　わかるよ」

……全然わかってない。

けど否定するのも面倒だ。確かに、かわいいなぁと思った女子は今までに何人かいたし、たぶん好きだなっていう初恋もあった。だけど、余命を見る能力があり、余命は変えられないと気づき苦しくなって、他人と距離をとるようになった。それと同時に、女子への興味も薄れた。というよりは人への興味がなくなった。男女関係なく、誰でも触れることが怖いと感じたのだから。成田さんは女子なら例外とでも思ったのだろうか。そんなことはなく、普通に誰に対しても接触を避けたい気持ちのほうが勝った。

「君の分析が合っている割合は半分くらいだね」

「また君って言う。花純でいいのに」

「あ、ごめん。成田さん」

「もうっ！」

口を尖らせる彼女。拗ねたらすぐその顔をする。

けど、そこまで本気じゃないことはすでにこの短い関わりの中でも知っている。

「あのさ、このことは……」

「もちろん、お互い秘密にしようね。まぁ言っても信じてもらえないだろうけど」

「そうだね」

「秘密の共有っていいよね。わくわくする」

「そうなのかな」

「うん。だから、瑞季くんも話してくれてありがとう！」

彼女のまぶしすぎるくらいの笑顔に、胸のあたりがズキッと痛みを感じた。そんな楽しい話をしていないのに。明言はしていないけど、僕は成田さんの余命が少ないと伝えたんだ。

それなのに、彼女は少しも笑顔を崩さない。結局、一度も動揺しなかったし、真剣な表情はしたけど暗い言葉や表情は見せなかった。むしろ僕のことを励まそうとするような言葉ばかりを言っていた。強い、のか強がっているのか、今の僕にはわからない。けど、後者ならいいのに。と少し思った。

「あと、あんまり考えすぎないようにね。嫌なほうに考え出すと、どうしてもそっちに呑まれちゃうからさ。そんな時は何でも言ってね。秘密を共有した者同士だから」

妙に説得力があるような言い方だったから、静かに頷いた。そして少し考えてから再び口を開く。

「もうひとつ、言ってないことがある」

「なぁに？」

「……自分の余命は、見えないんだ」

触れた人の余命は見える。だけど、僕自身の余命を見ることはできない。自分で自分の体に触れても数字は浮かび上がってこない。鏡の前で確認だってしたし、写真を撮ってみたりと思いつく限りのことはしてみた。それでも僕は、僕だけの余命が見えない。だから余計に怖いんだ。死を近くに感じているけど、自分の余命は知らない。自分の背後に見えない黒いものが迫っている気配だけはある。みんなのように僕もカウントダウンされていることは確かなのに、誰も僕の余命だけはわからない。僕は成田さんと違って自分の余命が気になる。死ぬのは誰でも怖いはずだし僕も怖い。でも知っておくと後腐れがないように準備ができるから。知ってもいいことはないと思っているけど、自分の余命が気になってしまうんだ。

「へぇ、不思議だね」

僕の不安なんて感じとらずに、軽く流すように返事をされた。成田さんはそんな人だ。だから、僕のことを話したのかもしれない。

「うん」

「言っとくけど、それが普通なんだからね？」

「そっか」

「そうだよ。だから、怖がってばかりいないでさ」

どうやら僕の不安は感じとられていたらしい。やっぱり彼女の他人の裏側を読み取る分析の当たる割合は半分くらい。侮れないな。

「これからも一緒に楽しいことしようよ」

「じゃあ、簡単に誰かに余命をあげないで」

「簡単にじゃないから大丈夫だよ」

そういうことじゃない。僕の伝えたいことは、今回は伝わっていないみたいだ。

言い返してやる。なんて思ったけど、前を見つめる彼女の横顔があまりにも綺麗だったから、思わず息を呑んだ。

今にも消えそうなくらい儚く、でも確かにここにいると強い存在感を放つ彼女に、不覚にも目を奪われてしまった。

【3】

「ねぇ、ちょっと顔貸してよ」

いつも通り学校へ来て、自分の席に座ったと同時に落ちてきた影と物騒なセリフ。上手く他人と距離をとってきた僕に、こういうことは今までなかった。ぼっちだったとはいえ、いじめられるようなことはなく、他人が興味を示さないレベルのすごく影が薄いぼっちを極めてきたから。周りとの距離感は大切にしてきたんだ。完璧な距離感を保っていたにも関わらず声をかけられてしまったのは、百パーセント成田さんのせいだ。というのも、座っている僕をふたつの意味で見下している人が、成田さんがいちばんよく一緒にいる友達の木下美玲だから。正直、できることなら拒否したい。この人は見ていてわかるけど、気が強い。

僕なんかはそんな彼女の勢いに押されてしまうだろう。あまり関わりたくないタイプの人。だから本当に拒否したい。けど、したあとのほうが面倒なことになりそうだよな。そう判断した僕に、頷く以外の選択肢はなかった。

「……うん」

頷いてから立ち上がる僕を横目に、木下美玲は歩き出した。気分は乗らないまま、彼女の数歩後ろをついて歩く。言いたいことは何となく想像がついている。というよりは、木下美玲が僕に声をかけるなんて、それ以外ありえない。

成田さん関連としか。昨日のことかな。

昨日のことだろうな。木下美玲の後ろで小さくため息をつく。そして教室を出てすぐ目の前にある階段の踊り場で立ち止まった。

……ここで？

驚いて顔を上げ、まっすぐに木下美玲を見る。彼女は幅広な手すりに両腕を置き、上から階段を見下ろしていた。

……確かに、クラスで目立つような集団や他クラスの人と集まって話す時はよくこの場所が使われている。僕はもちろんここにとどまったことはなく、通路でしかないけれど。

「あんたさ、花純のことが好きなの？」

「……へ？」

直球で聞かれたその質問内容はまったく予想しておらず、不意を突かれて間抜けな声が出てしまった。

「昨日告白したんでしょ？」

「してないけど」

「してないの⁉　一緒に帰ったのに？　ヘタレかよ！」

「え？」

木下美玲の反応に思わず戸惑う。僕の思っていたイメージと少し違った。そして、成田さんとテンションやテンポ感が同じで思わず苦笑い。

「なんだ。つまんない男だね」

「えっと……」

「花純を誘うとか見る目あるって思ったのに」

この人は何を思ってこんなことを言っているんだろう？　いちばんの友達が僕と付き合ってもいいと言うのか？　こんな暗くて冴えない僕と。

「最近、花純がやけに楽しそうだったから、昨日はあんたに譲ってあげたのに……」

「それはどうも」

「なのに、告白してないってどういうこと⁉」

情緒、大丈夫か？　急に声のトーンが落ちたかと思えば、再び頂点まで上がる。波がひどいな。体ごと僕のほうを向いて、軽く睨むように見ている彼女の迫力は凄まじい。僕と身長があまり変わらないから目線の高さがほぼ同じで、より圧を感じる。

「告白してないも何も、そういう用件で誘ったわけじゃ……」

「嫌いってこと⁉　あたしの親友を弄んだの⁉」

「ちょ、ちょっと待って。落ち着いて。嫌いなんて言ってない」

「言ったようなもんでしょ」

木下美玲のセリフにデジャヴを感じたけど、それがいつだったとか思い出すどころではない状況。他のことを考えている暇なんてない。

いきなり胸倉を掴まれたかと思えば勢いよく引き寄せられ、至近距離で鋭く睨まれる。

怖いって。軽い恐怖を覚えながら見えた彼女の余命が【84．9】という驚異的な数字に苦笑をこぼす。木下美玲は百一歳まで生きるらしい。妙に納得できる。このままおばあちゃんになってもパワフルな百一歳が想像できてしまった。

「ふざけんな。花純を弄ぶなんて許せない」

胸倉を掴まれたまま前後に揺すられる。頭がグワングワンすることで脳が揺れて目が回りそう。

この人は本当に妄想がひどい。僕はまだ何も言ってないじゃないか。やっぱり怖くても面倒でも、拒否すればよかった。

先ほどの自分の選択に激しく後悔していると、揺すっていた手が止まり、僕のカッターシャツをぎゅっと強く握る。

「花純はすごく大切な友達なの」

「…………」

「昨日、あんたに一緒に帰るの誘われたって、すごく嬉しそうに言ってたから。そんな花純を見てあたしも嬉しくなったのに」

言われて、昨日の様子を思い出す。けど、昨日とそれまでを比べても、そんなに変わらない気がする。成田さんはいつも楽しそうに見えるから。僕と仲良くなれたら特別って言ってるような人だし、誘われたから嬉しかったのか。彼女はちょっと、というかだいぶ変わっているし。

「それなのに、こんなヘタレだなんて……」

「待って。話が見えない。ちゃんと順序立てて話してくれないと」

「うっさいわね。じゃあ、告白じゃないなら何で一緒に帰ろうって誘ったわけ？」

乱暴に掴んでいたカッターシャツから、これまた乱暴に手を離される。ほんと強いな、この人。冷静に考えると、初めて話すクラスメイトの胸倉を掴むだなんて普通はないだろ。誰に対してもこうなのか、大切な友達に近づいた僕に対する怒りから出たのか。たぶん、後者だろうな。でもそれは彼女が勝手に、僕が成田さんに告白するために誘ったと勘違いしているのが悪い。口に出しては絶対に言わないけど。

「それは、話したいことがあったからで」

「話したいことって何？」

「成田さんに話したいことだから、君には言わないよ」

「それは告白じゃん」

どうしてそこに行きつくのか。女子高生ってみんなこうなのか？　話が思うように通じないし、説明しても戻ってしまう。

「どうして僕と成田さんが一緒に帰った理由が気になるの？　成田さんに聞いたらいいじゃん」

「昨日電話で聞いたよ」

「え？」

「でも、あんたと同じで言ってくれなかった。はぐらかされた」

成田さんに聞いたにも関わらず、告白か？　って尋ねたり、告白していないことを嫌いと解釈して怒ったのか。やっぱり情緒が心配になるな。いや、それほど気になっていたということかもしれない。『すごく大切な友達』と言っていたから。そして、成田さんも言わなかったんだな。お互いの秘密だし、成田さんも余命を渡せることは彼女にも言っていないんだ。今の様子を見る限りだと彼女が知っていたら、成田さんが余命を渡すことを殴ってでも全力で止めているんだろうな。

「……出会った時からそう。仲良くなれたと思っても、たまに分厚い壁を感じる時がある」

「え？」

ボソッと呟いた木下美玲をじっと見つめる。僕の視線に気づくとハッとして、すぐに強気な表情に戻した。

「花純とは中一の時に出会って、それからいちばんの友達なんだよ。あんたが花純といくら仲良くしようが、いちばんの友達はあたしだから。ドンマイ」

口が滑ったことを誤魔化すように、早口で挑発的につらつらと言葉を並べる。成田さんはきっと、木下美玲には能力のことを言わない。木下美玲だけでなく、誰にも言わないつもりだったんだろう。僕に余命が見える能力がなければ、成田さんの能力は誰にも知られなかった。たった一人で誰かの命を救って、一人で満足げに微笑んでいたんだろう。でも、僕だけは成田さんの秘密を知った。自分を犠牲にして人助けをしていることを。

けど、このことは僕も、誰にも言わない。

「成田さんが何を抱えているのか、君がどんな想いを抱えて成田さんを心配しているのかもわからないけど、君みたいな友達がいて幸せじゃないわけがない」

「え……？」

「……と、思うよ」

柄にもなく熱くなって言い切ってしまい、木下美玲の戸惑いの声で付け足す。何で僕まで熱くなってんだ。成田さんにペースを乱された時と同じ、僕らしくない。木下美玲の心の奥底からあふれだすような熱が移ったのかもしれない。成田さんも木下美玲も、少し似ているから。

「……ヘタレって言ったけど、ちょっとだけ見直した。あんたって本当はいいやつなのかも」

「君もね」

「てか、君ってやめてよ。どうせ心の中ではフルネーム呼びでもしてんでしょ」

……彼女も勘が鋭い。いや、ここまでくると、僕がわかりやすいのかもしれない。

僕は他人と距離をとるようになってから、相手をどう呼べばいいかわからない。それこそ、呼び方なんて距離感を表しているみたいだから。

「木下さんも、あんたってやめてよ」

「わかった。……って、名前何だっけ？」

「…………」

どうせ僕は影が薄いよ。高校入学してからずっと一人でいたし、名前を憶えられていないなんて、僕の狙い通りのようなものだ。だけど、ここまで話して、少し熱くなったりなんかもしちゃってさ。そのあとにこれって、どうなんだ……。

「……日野瑞季」

「そうだそうだ、そんな感じの名前だった」

そんな感じではなく、その名前なんだけど。木下さんはきっと、成田さんのことにしか熱くならないんだろう。それほど、成田さんのことを大切に想っていることだけは伝わってきた。

「あたしとも仲良くしてね、日野クン」

「…………」

「そこはすぐ返事でしょうが！」

笑ったかと思えば、僕の無言の間にすぐに怒った声を出す。おっかない。やっぱり情緒に問題ありだ。友達思いのいい人なんだろうなって思ったのに、本当に成田さんに対してだけだ。成田さん以外の人に対しては基本的に雑。いや、もしかして、こういう態度は僕だけになのか？　木下さんはどんな交友関係がありどんな性格なのか、よくは知らないから何とも言えないけど。

「はい、握手！」

「えぇ……」

「は？　こんなかわいい女の子の手を握れるんだよ？　むしろありがたく思いなよ」

さっきのお互いのことを見直して、いい感じのやわらかい雰囲気はどこへやら。余韻すらないのか。そして彼女も、成田さんと同じで握手を求めてくる。ずっと一緒にいれば、そういうところも似るのだろうか。苦笑いを浮かべると、不服そうな顔をした木下さんが僕の手をとる。

「あたしの手を握れるなんてラッキーだよ。よかったね」

「ソウデスネ……」

　両手で僕の手を握る木下さんはニコッと満面の笑みをつくった。怒ったり笑ったり忙しいな。ジェットコースター並みに早すぎる感情の変化についていけず、置いてけぼりになる。

「美玲おはよう！　あれ？　瑞季くんと一緒？」

　明るい声が聞こえてそちらに顔を向けると、階段を上ってきた成田さんと視線が合う。けど、すぐに成田さんのほうから視線を外された。

「手！　二人、いつのまにそんな関係に⁉」

　彼女の視線の先には、握手をするために重なった僕と木下さんの手。驚きを隠さずに大きな声を上げる彼女にハッとした。

「ちょ！　違うから！　そんなんじゃない‼」

　焦って否定の言葉と同時に、思いきり木下さんと握手をしているほうの腕を抜く。

　こんなのまた僕をからかうネタにされる。

「は？　何であんたが先に否定すんのよ」

「そんな関係じゃないからだろ」

「そうだけど、それはあたしが言うことであって、あんたが言うことじゃないし」

　理不尽だな。

誰が言ってもいいじゃないか。

「女心をわかってない」

両腕を組んで怒ったように言う木下さんにむっとなる。何でこれだけで怒ったように言われないといけないんだ。さっきからずっと自分勝手な考えがすぎる。

「人の気持ちなんてわかるわけないだろ」

「うわ、日野クンってモテないでしょ」

「モテないも何も、友達もいないよ」

「ふぅん。べつに興味ないけど」

「なんだよそれ」

自分から言ってきたくせに。木下さんも木下さんで、掴みにくい人だ。ペースをかき乱される。やっぱりこういうところも含めて、成田さんと木下さんは似ている。似てきた、のか。そこは僕にはわからないけど、それこそ特に興味はないから置いておこう。

「話は終わった？　教室に入ろうよ」

「日野クンおもしろいわ」

「あんまりからかってあげないでね」

二人の上からな物言いが多少かんに障るけど、口には出さない。

全然おもしろくないよ。

朝から散々だ。教室に入ろうと体を反転させる。そんな僕より先に、木下さんはクラスメイトに呼ばれて小走りで教室に入っていった。慌ただしいな。まるで豪雨みたいな人。

スコールにあった気分だよ。

「仲良くなったんだね」

「さっきの見てそう思う？」

「友達ってそんなもんでしょ」

わからない。

僕にはもうその感覚は薄れてしまっているから。どこからが友達かなんていうラインも曖昧すぎて、今の僕には判断できない。そもそも、友達という関係性自体が曖昧すぎると思う。

「瑞季くん」

内緒話をするためか、身長の低い成田さんは背伸びをして僕の耳元に口を寄せる。だから、仕方なく少しだけ屈んで成田さんの身長に合わせた。

「……美玲に触れてたけど、大丈夫だった？」

やっぱりそうだ。昨日、僕が触れた人の余命が見えるという秘密を教えたから。そのせいで最悪な気分になることも、他人と距離を置くことも、死の実感がして怖いことも彼女は知っている。成田さんがめずらしく少し暗い顔をするから、僕は思わず心配させないように口角を上げた。

「大丈夫。むしろすごく長生きするみたいで、木下さんらしいなって笑えたくらい」

「そっか。それならよかった」

安堵の表情を浮かべながら自然な流れで、成田さんは僕の肩に手を置く。あまりにも流れるようになめらかな動きで油断した。

【19.87】

昨日から一日だけ減っている。規則的な減り方でホッとしたと同時に、すぐに肩の手を払った。

「いちいち触らないで」

さっきの心配は何だったんだよ。暗い顔で真剣に心配して気をつかってくれたかと思えば、わかった上で自ら触れてくる。思わず横目で睨むように彼女を見下ろす。

「瑞季くんには知っててほしいから」

いたずらに笑っている彼女はやっぱり残酷で、呆れて返す言葉も出なかった。

今日もいつもと同じように授業を受け、休み時間は次の準備や移動を淡々として、また授業を受ける。

僕の平凡な一日。

変わり映えしない日常を過ごし昼休みになると、いつも通りすぐに母親が作った弁当を机に広げる。高校生になってから毎日欠かさず弁当を作ってくれる母親には感謝しかない。購買も食堂も行きたくないからな。あそこは一度も利用したことがないけど、地獄そのものだ。母親のありがたみを噛みしめながら手を合わせる。

「日野！」

「はい！」

「ふっ、瑞季くんすごくいい返事」

急に名前を呼ばれたせいで、背筋がピンと伸びる。前からは成田さんの笑い声。

顔を上げて前を向くと、僕を見て口角を上げて笑う成田さん。少し視線をずらせばニヤニヤといたずらな笑みを浮かべる木下さんが近づいてくるのが見えた。僕を呼んだのは木下さんだ。そして、クラスでいちばんと言っていいほど目立つ木下さんが、クラスでいつも一人の目立たない僕の名前を呼んだから、たくさんの視線を集めている。そのことに気づくと、注目されることに慣れていない僕は当然のように戸惑ってしまった。声も出せずにキョロキョロして、結局どこを見ればいいかわからず、成田さんを見ることで落ち着く。

「目泳ぎすぎ」

「視線が痛い……」

「べつにそこまでじゃなくない？」

これだから普段から目立っている人は……。僕のコミュニケーション能力のなさを舐めないでほしい。誰にも見つからないような影の薄いぼっちを極めてきたんだ。それなのにこんな……。

「一人で寂しそうな日野と一緒にお昼食べてあげるよ」

目の前まで来た木下さんから言葉通りの上から目線。なぜかすごく偉そうに、顎を少し上げて余裕の笑みを浮かべる。その様子を見て思わず顔が引きつった。

「ご遠慮願いたい……」

「はぁ？　あたしの誘いを断るつもり？」

やっぱりおっかない。

僕たち、数時間前に初めて話したばかりなのに。というか呼び方がいつのまにか呼び捨てになっている。無理して敬称をつけているとは感じていたから、べつに呼び捨てでもかまわないのだけど。むしろ無理して名前をくん付けで呼んでいることのほうが違和感だったし。そんな木下さんは僕をじいっと強い瞳で見ている。

「一緒にお昼、食べるよね？」

「……うん」

怖いんだよ。

迫力がありすぎるんだよ。目は大きくて切れ長だし、顔も整っているから余計に迫力が増す。僕を見下ろしているから、横に分けて流している毛先を緩く巻いた長い前髪が顔の前に落ち、片目を隠すことでより闇深そうに見えた。

「最初から素直にそう言えばいいのに」

ニコッと笑ったその表情に悪寒が走る。強引すぎるな。最近の女子高生はみんなこうなのか？　と、本日二度目の同じ疑問が浮かぶ。成田さんにも僕はすごく振り回されていたような気がするけど、彼女はまだかわいいほうだったらしい。木下さんは満足したような笑顔を浮かべながら、近くの席を借りるついでにクラスメイトと話し始めた。

「美玲ね、瑞季くんのこと気に入ったみたいだよ？　だからお昼も一緒がいいって」

「何で……」

「おもしろいからでしょ。あと、顔もかっこいいし」

「そんなこと言うのは成田さんくらいだよ」

「ううん、みんな思ってるって」

「変わってるね。そんなのやっぱり君くらいだ」

「もう、卑下しすぎ。もっと自己肯定感を高めるべきだよ。それに、また君って言った」

ついでのように言われた最後のセリフ。そこはどうでもいいだろ。癖みたいなものなんだから。

と、心の中で反論するだけで声に出しては言わない。反論すると、成田さんは生きしながらつっかかってくることが目に見えているから。彼女と時間を共にするうちにわかってきた。

「ごめんごめん」

「張り合いがない！」

ほら。僕が反論することを待っていた。同じセリフを聞くことになるとは思わなかったけど、成田さんと関わっていればすぐにまた聞けるんだろうな。

「花純も早く机動かして」

話が終わったのか机と椅子を移動させてくる木下さん。ご飯の前にお菓子をもらったようで、机には弁当とお菓子の包装紙が置いてある。そして口がもごもご動いているから、もらってすぐに食べたことが窺えた。もらっても食べるなら普通は弁当のあとじゃないのか、というツッコミが喉まできたけど呑み込む。

「わたしは瑞季くんの机で食べるからいいよ」

「え、狭いから自分の机で食べてよ」

「何でここは言い返してくるの⁉」

「狭いからだよ。べつに悪いこと言ってない」

「わかった。ここで食べる」

「話聞いてた？」

僕の訴えは聞いてもらえず、弁当を僕の机に置くと椅子を反転させた。木下さんは借りた机に広々と弁当を置き快適そうに見える。成田さんは僕の前の席なんだから、せめて弁当は自分の机に置いて、体だけを反転させるとかあるだろ。

「そっち行きなよ」

「人を邪魔者扱いしないでよ」

「そういうんじゃなくてさ」

仲が良い友達のところに行くのが普通じゃないのか？　僕がおかしいのかな。いや、そんなわけはない。

普通に考えて、仲の良い友達のほうに行くのが自然だ。僕と彼女はそんな間柄ではない。それに、僕もお昼くらいは自由にゆっくりと過ごしたいんだ。弁当も机に堂々と広げたい。成田さんが弁当箱を遠慮なく真ん中に置くから正直狭くなって迷惑だ。

「せめてもう少し遠慮して。スペ――スわけよう」

「瑞季くんしつこいよ」

さっきは張り合いがないって拗ねてたくせに、言い返せば『しつこい』って言われる。ほんと自由すぎないか？　理不尽な世界だな。

「しつこい男は嫌だよね」

「ほんとほんと。瑞季くんにもっと言ってやって」

そして今は成田さんの友達の木下さんもいる。完全にアウェイじゃん。二対一なんて負けるに決まってる。勝てる可能性は限りなくゼロに近い。いや、もうゼロだろ。それこそ張り合うだけ無駄だ。

「あーもう、わかったから」

「じゃあ、ここでいい？」

「いいよ！　好きにして！」

「その投げやりな感じは嫌だなぁ」

めんどくさい……。折れてあげたというのに、文句を言われるのかよ。

女子ってみんなこんな感じなのか？　男子ですら関わりがない僕は、女子なんて未知の生命体だ。ため息をついて成田さんを見ると、ニヤニヤとムカつく笑顔をしている。

視線を横にずらし木下さんを見れば、同じ表情をしていた。楽しんでる……。軽く睨めば、二人は同時に吹き出す。

「ごめんごめん。瑞季くんがおもしろくて、からかいたくなっちゃった」

「日野っていい反応するね」

「でしょー?」

二人して盛り上がる。

けど、僕としてはあまりいい気はしない。

「もう食べるよ。いただきます」

「ちゃんと手合わせて、偉いじゃん」

「瑞季くんはいつもしてるよね。わたし見てたよ」

「もういいから……」

二人そろうとすごいな。ペースを完全に二人に掴まれてしまい、僕じゃどうにもできない。乱されまくりだ。これ以上はもう二人のペースにさせないために、弁当を食べ始める。

「いただきます」

成田さんも木下さんも手を合わせて弁当を食べ始めた。食べていれば少しは静かになるだろう。なんて、少しでも期待した僕はやっぱり人のことを知らない。

「花純のおいしそう。玉子焼き綺麗に巻けてるじゃん」

「今日のは最高傑作!」

「やるじゃん。あたしも頑張ろう」

「瑞季くんのお弁当は誰が作ってるの？」

「母親」

「へぇ、そうなんだ。料理上手だね」

「そうだね」

上手かはわからないけど、普通においしいと思う。それは、小さい頃からずっと食べているからで、味覚が慣れたからかもしれない。そうだとしても、おいしいと思えるならそれがいちばんだ。

「花純はね、自分で作ってるんだよ」

何で木下さんが自慢げなんだ。でも、自分で作っているのはすごいな。僕はまだ自分で料理しようと思ったことすらない。成田さんの弁当を見れば、玉子焼きやからあげ、ポテトサラダに彩りのミニトマト。

色鮮やかでおいしそうな弁当だった。

「すごいね」

「大したものじゃないから」

僕の純粋に出た褒め言葉を謙遜(けんそん)で返された。成田さんも謙遜はするらしい。

「成田さんは親に教えてもらったりしてるの？　あ、最近は動画で勉強する人が多いのか」

「あ……」

僕の言葉の途中で木下さんがハッとしたように声を漏らす。

不思議に思い小首を傾げた。何だ？

「ふっ、いいよ。瑞季くんは知らないんだから」

「え？　何が？」

「わたし、両親いないんだ。小学校低学年の頃に事故で亡くなったの。今はおばあちゃんの家で、おばあちゃんと二人暮らし」

微笑みながら言った成田さんだけど、一瞬だけ瞳が揺れて、悲しみの色が映り寂しそうに見えた。……知らなかったとはいえ、やってしまった。めずらしく自分から質問したらこれかよ。

心底、自分に呆れてしまう。

「暗い顔しないで。だいぶ前だし今はほんと大丈夫」

そういえば、能力について教えてもらった時、父親や母親の話は出てこなかった。ハムスターが死んで、おばあちゃんが泣いていたって言っていた。両親と暮らしていないから、おばあちゃんしか出てこなかったんだ。しかも能力に気づいたのは小六の時と言っていたから、それ以前に両親を亡くしていたんだ。口では「大丈夫」と言っていても、大丈夫ではない場合はけっこう多いと思う。成田さんもそんなタイプな気がする。勘が鋭ければ気づけたかもしれない。だけど僕は、何も思わなかった。

そのせいで嫌なことを思い出させて、無意味に傷つけた。

「もう～！　そんなに暗い顔しないで！」

「……ごめん」

「謝るの禁止！」

「今のはあたしが悪いわ。この話の流れ作っちゃった……」

「二人してやめてよ。気にしないで」

笑いながらそう言って流してくれる成田さんだけど、こういう時はだいたい笑うしかないからだ。だからと言って、今さら言ったセリフをなかったことにできない。だけどフォローしようとすればするほど、ドツボにはまっていくこともわかっている。

どフォローしようとするしかない。

「でも……」

「そんなに言うなら、わたしのお願い聞いてよ」

「お願い？」

「今日の放課後は三人で遊ぼうよ。美玲と瑞季くんが友達になった記念」

成田さんは名案だとでも言いたげに満面の笑みを浮かべる。僕はさっきの不可抗力の罪悪感があるから、ここで拒否するという選択肢はない。ずるい気もするけど、僕が悪いから何も言えないし言おうとも思わない。このお願いを聞くことで、罪悪感を軽減させようとしているんだ。きっと成田さんもそれをわかって、この提案をした。いや、やっぱり彼女の場合はそこまで深く考えていないかもしれないな。

「僕はいいよ」

「あたしも」

「じゃあ決まりだ！」

そこからは空気を戻すように明るく振る舞う成田さんの努力を無駄にしないため、僕も積極的に話に参加した。木下さんも威勢を取り戻し、僕につっかかってきたり成田さんとわいわい騒いだりして、すぐに気まずい空気は消えた。途中微妙な時間もあったけど、こんなに賑やかな昼休みを過ごしたのは三年以上ぶりだ。でも、その時もここまで賑やかではなかったかもしれない。いまだに何が起こっているのか不思議な気分でもあるけど、それなりに楽しい気持ちになったように思う。

六限の終わりを知らせるチャイムが校内に鳴り響く。学級委員の号令で礼をし終わったと同時に、教卓の前の席なのに堂々と大きく伸びをする一人の生徒。たまにいるよな。授業が終われば解放されたとばかりに素に戻って、先生がまだ教室にいることを気にしない奴。そういう人はだいたい陽気な性格で僕とは正反対だ。

「終わったー！」

「木下さん」

案の定、すぐに先生に声をかけられている。

「もう授業終わったよー！　帰ろー！」

「授業も集中して頑張っていましたし、何か約束でもあるんですか？」

「デートだよ」

陽気な人代表の木下美玲の爆弾発言。何を言ってるんだよ……。クラスメイトが木下さんの発言に笑ったり、驚いたり、僕のように興味ない振りをしたり。

反応は様々。木下さんは本当に目立つ。先生にもよくからまれるし、それで木下さんもおもしろおかしく悪ノリで返すし。今のも、最悪な悪ノリだ。

「あら、それは気になりますね」

「先生には秘密」

「では、目撃情報を楽しみにしています」

おほほっと上品に笑っているけど先生も悪ノリがひどい。

高校の先生って生徒と距離が近い人が多いよな。友達感覚で話す人も少なくない。

うちの担任もその中の一人で、おっとりしているけどノリはいいから生徒からの人気が高い。特に木下さんは担任も話しやすいのか、クラスメイトの中で距離がいちばん近いと思う。教卓近くの木下さんを始めとしたクラスメイトと先生が話している姿を横目に、授業中に帰る準備を済ませておいたカバンを持つ。

「瑞季くん」

「先行ってる」

　成田さんに呼ばれるけど、あのあとに木下さんが来たらやばい。僕は目立ちたくない。なのに、クラスでも目立つ成田さんと木下さんの二人と一緒に帰るところなんて見られたら、周りにどう思われるか。考えるだけで恐ろしくて身震いしてしまう。早く立ち去らなければ。その一心で教室を飛び出し、早歩きで廊下を進み昇降口へ行く。勢いはそのまま靴を履き替えて、再び早歩きで校門に向かう。

「瑞季くーん！」

　校門まであと数十メートル。そんな時に、後ろから僕を呼ぶ声が聞こえた。

　この声はもう耳に記憶されているから、わざわざ確認しなくても誰かわかってしまう。止まるか、このまま進むか。ふたつの選択肢で迷った僕は進むほうを選んだ。まだ合流するわけにはいかない。せめて、校門を出てから……。

「瑞季くーん！　待ってー！」

　後ろからドタドタと足音が聞こえてくる。足音ひとつでも成田さんだと再度確信できた。名前を呼ばれた時点で、成田さんということは確信していたけど。彼女は本当に見なくてもわかるくらいには、特徴がたくさんある。と考えているうちに、三回目が叫ばれた。このまま逃げたい気持ちのほうが強いけど、周りを気にせずに大きな声で名前を呼ばれ続けるほうが困るな。そう判断した僕は仕方なく足を止めて振り返った。僕の視界には成田さんしかいない。木下さんは来ていないようだ。

「早すぎだよ。一緒に出ようと思ったのに」

「ごめん。でも、木下さんのあの感じで僕が一緒にいたら、勘違いされそうじゃん」

「美玲はノリがいいからね」

「悪ノリの間違いでしょ」

「瑞季くん、言うようになったね」

ははっと声を出して笑う成田さんだけど、どこか笑顔に影を感じた。疑問に思い、彼女の顔を覗き込む。

「成田さん」

「え、何？」

顔を覗き込んだせいか、彼女は驚いたように目を見開く。そのままキョトンとした表情の彼女を見つめる。さっきの影はない。

勘違いかな。

僕は人の気持ちも空気も読めないから。そのことは今日の昼休みの件ですでに実感済み。それでも、さっきの彼女の笑顔にひっかかった。

「何かあった？」

「えっと、何かって？」

「それはわからないけど」

「瑞季くんがわからないなら、わたしにもわからないよ」

そう言って笑顔を作る成田さんに、再びどうしても違和感を覚えた。人の気持ちを察するとかできないくせに、成田さんの笑顔に関しては気になってしまった。絶対に何かある、とは言い切れないけど。

「笑顔が違う」

「え……」

「勘違いならいいんだ。変なこと言ってごめん」

成田さんから離れて歩き出す。

だけど心の中は、黒い靄がかかったみたいに気持ちが晴れない。頭は勝手に彼女のことばかり考えていた。

「ちょっと！　先行かないでよ」

一瞬、重くなった空気だったけど、成田さんの声でまた軽くなる。成田さんは声ひとつでこうして空気を変えてしまうのだから、すごい人であり怖い人でもある。

「瑞季くんが先に行くから、わたしは急いで追いかけてきたのに」

「何で？　あとで合流すればいいじゃん」

「どうやって？」

「そんなの連絡をとるなり……あ」

そういえば、僕は成田さんの連絡先を知らない。もちろん、木下さんのも。なんならクラスメイトの誰の連絡先も知らない。今時、そんな人がいるのかと思うけど、それが僕だ。

「ね？　わたしたち、連絡の手段ないの。だから、追いかけてきた」

「うん、ごめん」

「いいよ。あとね、これを機に交換しよう」

「……いいけど」

「やった」

素っ気なく返したのに、両手を上げて大袈裟に喜ぶ彼女。何がそんなに嬉しいんだろうか。たかが僕なんかの連絡先で。そう思いながら、校門を出てすぐの路地に入りスマホを取り出す。成田さんもスマホを出して素早く操作をしている。

「はい」

画面を向けられるけど、どうすればいいのかわからない。これは何？

白と黒の四角い、模様？

最近よく見るけど、連絡先交換でもこれを使うのか？

「瑞季くん？」

不思議そうに僕を見つめる成田さんを、たぶん僕も同じ顔で見つめ返す。

「もしかして、わからない？」

「……うん」

隠しても仕方がないので、正直に頷く。連絡先を交換したことがないから、方法なんてわかるわけがない。それに加えて僕は機械にとことん弱い。スマホを持っていても、機能の半分も使いこなせていないと思う。

「じゃあ教えるね。って、ロック画面初期設定のまんまじゃん！」

「仕方ないでしょ。笑わないでくれる？」

「ごめんごめん。イメージ通り過ぎて。まずここをタップして」

「タップ？」

「指で押すの。そこからですか」

「仕方ないでしょ」

クスクスと笑う成田さんに、僕はそこまでひどいのかと自覚する。昔はこんな機械はなかったのだから、わからなくても生きていける。そのことはすでに昔の人たちが証明してくれた。それでも、成田さんに笑われるのはなんだか悔しいから、今後はスマホの使い方を覚えていこう。

「次はここを押して、そのあとわたしの画面を映して」

言われるままに従う。僕のスマホに四角の枠が出てきたから、成田さんの画面を映す。すると一瞬で画面が変わった。

「次はそこ、押して」

「押した」

「おっけー。何か送って」

「え？　何か……」

そう言われても困る。

とにかくまだ何もない画面に、文字を打った。

「あ？」

成田さんのふざけた声はケンカを売っているわけではない。僕が送った文字を読んだだけだ。

「何かって言ったから」

「瑞季くんらしいね」

それと同時に、柴犬のイラストが送られてきた。かわいらしい柴犬なのに、お腹を抱えて笑っている。

なんか、ばかにされた気分。

「………」

「それはスタンプだよ」

「へぇ……」

「これからはちゃんとスマホもチェックしてね。どうせ今まで見てなかったんだろうから」

「言い方ひどいね。その通りだけど」

言い返す言葉もなく苦笑いを浮かべた時、成田さんのスマホが鳴った。成田さんは慣れた手つきでスマホに触れて、耳に当てる。

「はい。うん。今は校門のところにいるよ。瑞季くんも一緒」

電話の向こうの声は聞こえないけど、このタイミングと内容的に木下さんだと簡単に予想がつく。、成田さんはスマホを耳から離すと、スカートのポケットに入れた。

「美玲も、もうすぐ来るって」

「そう」

「あと、おまけも」

「へ？」

おまけ？　おまけってなんだ？　意味がわからず間抜けな声が出た。どういうことだろうか、と考えて間もなく、慌ただしい足音とガサガサと物の擦れる音が近づいてくる。一人じゃない。それに、話し声が聞こえる。

「もうどっか行って」

「嫌だ。絶対ついていくからな」

「あーもうしつこいな！」

え、修羅場？

嫌だな。できるだけ面倒事には関わりたくない。だけど、この声は……。

「美玲。こっちこっち」

姿が見えるか見えないかくらいで、成田さんが声をかけた。走って現れた影のひとつがこちらを向く。髪が少し乱れており、僕らのほうを見て息を切らして立っているのは予想通り木下さん。だけど、その後ろにもう一人。

「ごめん、お待たせ」

「え？　こいつ？　美玲がデートする男ってこいつなわけ⁉」

「ねぇ、ほんとにうるさいんだけど……」

彼がとんでもないことを言いながら木下さんの後ろから出てくると、僕に一歩近づいた。ネクタイはつけておらず、インナーとして着ている赤色のTシャツが見えるほど着崩した制服に、セットしておでこを出した明るめの茶色がかった髪型は、陽気な男子高校生という感じだ。少し焼けた肌は夏休みにたくさん遊んだからか部活でなのかはわからないけど、僕とは違い確実に木下さんや成田さんのような目立つタイプだろう。身長もそれなりに高くてスタイルが良く目を引く容姿だけど、今まで見たことはない。今年も去年も違うクラスだ。僕が彼を見るよりも真剣に、彼は僕のことを頭のてっぺんからつま先まで何度も視線を往復させる。

「……勝った」

「え？」

「こんな地味な奴に負ける気しねぇわ」

「最低。あんた、そういうところだよ！」

「ってことは、美玲は俺よりこいつのほうがいいって言うのか!?」

「人を見下すような奴は比べ物にならないわ。同じ土俵にも立てない。日野のほうがいい男だわ」

木下さんだって朝や昼は僕のことをひどい言いようしていたのに、今は僕のことを過大評価してくる。よっぽどこの男と距離をとりたいみたいだけど、そんなことに僕を使わないでほしい。これは完全に巻き込まれるやつじゃないか。

「瑞季くんは前髪でちょっと隠れてるけど、かわいい顔してるよ。イケメン！」

「ジローより内面も外見もかっこいいわ」

「はぁ⁉」

……めんどくさい。これは関わりたくない類の面倒事だ。木下さんも成田さんも僕を評価するせいで、面倒レベルが倍増している。

逃げていいかな？

逃げたいな。

「おい、待てよ」

一歩後ずさる僕の次の行動が読めたのか、彼は僕の手首を強く掴んだ。その時に見えた数字に驚く。【84．10】彼もすごく長生きをする。百一歳まで生きるらしい。木下さんと同じだ。

もしかすると、運命なのかもしれない。

「何？」

彼の顔をじっと見たせいか、訝しげな表情をする。

「何でもない」

「そう。で、お前は美玲が好きなわけ？」

「は？」

「この際はっきりしろよ」

どの際だよ。

勝手に話を進めないでもらいたい。

「好きなのか？」

「好きというか……」

「は？　嫌いでも許さねぇ。好きでも許さねぇけど」

「めんどくさ」

ついに本音を口にしてしまった。好きも嫌いもだめなら、どう言えばいいんだよ。

コミュニケーション能力のない僕にそんな難しいことを求めるな。極端すぎるんだ。

ゼロか百しかないのかよ。それに、似たような会話、朝もしたんだけど。木下さんと
彼もよく似ている。

「めんどくさいでしょ？　だから、こいつはほっといて行きましょ」

「待てよ、嫌だって」

「まぁいいじゃん。ジロちゃんも一緒で。人数多いほうが楽しいよ」

「花純、こいつを甘やかさないで」

「さすが花純！　じゃあ、行くぞ」

「はぁ……」

木下さんが大きなため息をつく。クラスではあまり見ない光景。木下さん以上のパ

ワーがある人なんてそうそういない。むしろ、木下さんのパワーを吸い取っているみたいで新鮮だな。彼は木下さんに腕を回して歩き出す。

「とりあえずファミレスにでも入ろうぜ」

「勝手に決めんな」

「ほら、美玲の分は奢るからさ」

「みんなの分も奢りなよ。あーもう、ほんと花純も日野もごめんね」

前を歩く木下さんが顔だけ振り返る。その顔は少し疲れているようにも見えて、おもしろくて笑ってしまった。

「わたしは楽しかったらおっけー！」

「僕も大丈夫」

正直、女子二人だけだと僕が振り回されることが目に見えていた。だから彼の乱入は、その点だけでいうとありがたい。女子二人に僕が交ざるのもなんだか気が引けるというか、不思議な感じだったし。でも、放課後を四人で過ごすなんて。そのうち二人は今日初めて話した人。

その中に僕がいるだなんて。人生何が起こるか本当にわからない。触れた人の余命を見れる人がいれば、触れた人に自分の余命をあげることができる人もいる。そう考えると、人生何があってもおかしくはないな。僕は成田さんと並んで歩きながら、彼

について の説明を受ける。

「ジロちゃんは美玲の幼なじみだよ。わたしより前から美玲と一緒」

「そうなんだ」

「見てわかると思うけど、美玲のことが大好きでずっとあんな感じ」

「すごいね。木下さんが圧倒されてるじゃん」

「まぁ、ジロちゃんの気持ちもわかるけどね」

「成田さんも木下さんのこと好きだね」

「気持ちはジロちゃんに負けないよ」

「今のは聞き捨てならないな⁉」

僕と成田さんの会話が聞こえていたのか、突然振り返る木下さんの幼なじみ。ほんと、めんどくさい人だ。多少の言い合いを挟みながら、四人で学校からいちばん近いファミレスに入る。冷気に包まれ気持ちよく感じ、まだ夏の片鱗(へんりん)が見える。テーブル席に案内されると、当然のように木下さんの隣に幼なじみが座った。僕は数分前に出会ったばかりの彼と向かい合う。だけど、彼をまっすぐ見ることは僕の気持ち的にできなくて、視線を隣の成田さんと斜め前の木下さんに向けた。

「おい、女子ばっか見てんな変態」

「僕、帰ろうかな……」

まだ座ったばかりだけど、僕は正直いつでも帰れる。

というか、いつでも帰りたい。

「帰りたいなら帰れば？」

僕を鋭く睨むように見ている木下さんの幼なじみの彼が、誰よりも早く僕の本音に反応した。冷たい棘のある言い方だけど、僕にとっては好都合だ。

「じゃあ……」

促されるまますんなりと腰を浮かす僕のシャツの裾を、隣に座る成田さんがきゅっと掴む。彼女を見ればニコニコと笑みを浮かべていた。何でこの状況でそんなに楽しそうなのか僕にはわからない。

「日野は帰るのだめ」

ニコニコしてる成田さんではなく、木下さんが僕を止める言葉を口にした。

「帰るならジローー」

「何でだよ」

「元々、今日は花純と日野とあたしで集まる予定だったんだよ。あんたは二人の優しさでいさせてもらってるの。だからもっと、ありがたいと思いなさいよ」

「美玲が彼氏と放課後会うって聞いたから」

「情報早すぎんのよ。ノリだし彼氏と会うとは言ってない。それに日野は彼氏じゃないし」

「違うのかよ。それをもっと早く言え」

椅子に深くもたれかかる彼は安堵の表情を見せた。僕が木下さんの彼氏だと勘違いしていたのか。それで、あんなに敵意むき出しにして、当たりが強かったんだ。とんだとばっちりじゃないか。

「この度は誠に申し訳ございませんでした」

「え、あ、いや。べつに……」

誤解が解けてすぐ、テーブルにごつんと額をつけて丁寧な謝罪の言葉を述べた。

彼の後頭部が反省を表している。

「たまに周りが見えなくなっちまうんだ」

たまに、というか木下さんに関しては周りが見えなくなるんだろうな。素直に謝るところも含めて、まっすぐな性格らしい。まっすぐすぎて視野が狭まっているようにも感じるけど。それは彼だけでなく、成田さんと木下さんにも言える。

ここにいる三人とも、まぶしいくらいにまっすぐだ。

「べつにいいよ」

「優しいな、お前。名前は何？」

「日野瑞季くんだよ！」

「何で花純が答えるの」

名前を聞かれるけど、僕より早く成田さんが答えた。成田さんはよくわからないところで誇らしげにする。今も、顎を軽く上げて、手を腰に添えると鼻高々に威張っている。

それを見た木下さんはおかしそうに素早くツッコミを入れてケタケタ笑う。僕は名前を先に言われ、ツッコミも先に言われてしまったから、とりあえず頷いておいた。

「日野瑞季、いい名前だな」

「どうも」

「俺は秋山二郎。三男なのに二郎なんだぜ。ウケるだろ?」

「はぁ」

「ジローって呼んでな。瑞季」

僕が木下さんの彼氏ではないとわかった瞬間の手のひら返しがすごいな。それだけ木下さんのことが好きということか。そういう気持ちはよくわからないけど。

「うん」

「ほら、呼んで」

「今?」

「今以外ねぇだろ。瑞季みたいなやつ、気を抜くと名前を呼んでくれないからな」

この三人は本当に似ているな。

名前のやりとり、三回目だ。

「わかった。ジロー」

「よし。よろしくな、瑞季」

次は握手だろうか。

最近の経験上、この流れは握手と予想。だけど、僕の予想とは違い、出されたのは握られた拳。これは初めてのパターンだ。

握手は手を開かないとできない。何だろうか？　出された拳を数秒見つめて考えてから、とりあえず手を出す。

「勝ち」

「負けたー！　……じゃなくて！」

パーを出して言えば指摘される。僕はこういうのを全然知らないんだよ。

「グータッチだろ」

「グータッチ？」

「ほら、グーにして」

言われた通り開いていた手を握りグーを作る。するとすぐに、ジローの拳が僕の作った拳に当てられた。顔を上げるとニカッと笑ったジローと目が合う。

「もう俺らは友達」

友達はこんな簡単に、あっさりとできるものなんだな。高校に入学してから一人もいなかったのに、ここ数週間で三人できてしまった。

「ずるい。わたしのことは花純って呼んでくれないのに」

「なんと、俺がいちばん？」

「でも友達歴はわたしがいちばんだよ」

「あたしは今日初めて話したけど、ジローより数時間早い」

「時間も大事だけど、それよりも濃さだろ」

「確かにジロちゃんは、美玲と時間は長くても濃くないもんね」

「花純でも容赦せんぞ？」

「花純を傷つけたらあたしが容赦しないからな？」

バチバチしている。だけど、すごく楽しそうでみんな笑顔だ。三年と少し前の、友達がいた時の僕は、ここまで気を許していたっけ？　こんなに相手のことを想うことができていたかな？

他人と距離をとるようになってから、友達がいなくても特に不自由なく、寂しさも感じなかった。だけど、この三人はきっと、誰か一人でも欠けたら寂しいって強く深く思うんだろうな。一緒にいるだけで楽しいということが僕にまで伝わってくるんだから。こういうのを、友達って呼ぶんだろうか。

「美玲ごめん。許して」

「あたしじゃないでしょ」

「花純、パフェ食うか？」

「許そう」

「チョロすぎ」

「チョロいくらいがちょうどいいでしょ」

そんなこと言えるの成田さんくらいだよ。開き直ってるだけじゃんか。まぁ、成田さんはいつものように満足げに微笑んでいるから、きっと本心なんだろうけど。

「瑞季も好きなの頼んでいいぞ。お詫び」

「じゃあ、和風ハンバーグのセット、ライスは大盛りでスープとドリンクバーをつけて。あ、サラダもほしいな。デザートにフォンダンショコラと……」

「待て待て。多いだろ！」

「お詫びって言うから。これでも足りないと思うんだけど」

「俺そんなにひどかった⁉」

「うん」

なんて、本当はべつに怒っていない。最初は確かに面倒そうだから嫌悪感はあったけど、素直に謝ってくれた。その素直さに、なんだか心打たれたというか、さっきまでのことがあっさり流されたというか。まぁ嫌いじゃないと思った。だからもう、それだけでどうでもいい。投げやりとかではなく、本当に許そうと思えたし憎めないから、いい意味でのどうでもいい。だけどあまりにも、ジローの反応がおもしろくて、僕もからかってみたくなった。僕の想像以上にジローは焦って、頭を抱えている。

「日野やるじゃん」

「さすが瑞季くん。おもしろいね」

女子二人は通常運転。

焦っているジローを見てケタケタ笑っている。

「瑞季ごめん。まじでごめんな。お前がそんなに根に持つタイプだとは思わなかったんだよ」

「は？」

「考えてみれば、瑞季って陰キャだし、地味で暗めだから根に持ちそうだよな」

「……しばいていい？」

「いいよ！」

隣の成田さんに視線を向けて尋ねると即答。ジローの言う通りでひとつも間違っていないんだけど、ジローには言われたくない。というか、反省してる人の言うセリフではないだろ。

と思って再び冗談を言うくらいには、僕はもうジローに素が出てしまっている。いや、半分は本音だけど。

「ほんとそういうところを直しなさい！」

「いだっ」

だけど、僕より先にジローの隣に座る木下さんが手を出す。木下さんはジローのお母さんか何かかな。

「美玲が他の男の味方するのは俺的にキツイ」

「じゃあ、味方してもらえるような人になりなさいよ」

「なるほど。俺頑張る。瑞季の言ったやつ全部。いや、ここにあるメニュー全部頼んでやるよ」

「そういう意味じゃないでしょ……」

呆れて大きなため息をこぼす木下さん。ジローは天然なのか？　一生懸命でまっすぐなはずなのに、どうにもかみ合わない。ある意味すごいな。

「嘘だよ。そんなに食べられないからドリンクバーだけで」

「はぁ？　嘘？」

「ジローをからかってみただけ」

「ひどいなお前。美玲と花純も、そう思うよな?」

目を大きく見開いたジローに我慢できず、笑いを漏らす。言い方も手振りも洋画のコメディみたいなオーバーリアクションをするから、誰もが笑うなって言われても無理だと思う。

「さすがに日野のジョークってわかってたよ」

「瑞季くんは色白もやしだし、そんなに食べられないよね」

「それは余計な一言」

成田さんが不意に僕のことをからかい始める。今はジローのターンじゃないのか? 隙を見て僕をいじろうとしてくるな。隣の成田さんを睨むけど、ウインクをして余裕の表情。突然のウインクに僕は驚いて顔を引いてしまった。

「瑞季が花純に誘惑されて照れてるぞ」

「花純がかわいすぎるから、日野はきゅんってなっても仕方ないよ」

木下さんは成田さんにだけ激甘だな。基本的にすべてを肯定している気がする。だけど、誘惑されてるとか照れてるとかは断じて違う。勝手に僕の感情を決めないでもらいたい。

「瑞季くんもわたしの魅力には勝てないのね」

「はぁ……注文するよ?」

成田さんの言葉にため息で返して、テーブル横のタブレットを持ち上げ真ん中に置く。その間もいろいろと三人に言われていたけど、すべて聞き流した。聞き流すことは得意中の得意だ。ぼっちを極めてきた僕に培われた最強のスキル。ドリンクバーとパフェやケーキを各々頼み注文を済ませた。ドリンクを取りに行く間も、テーブルに戻ってからもずっと話し続けている。三人とも口が止まらないからすごい。学校でのこと、お互いのこと、芸能人のこと。

話題が尽きず話がどんどん広がって、休まる時間がない。パフェやケーキが運ばれてきても、会話のテンポは落ちないから圧倒されてしまう。

「あ、電話だ。ママから」

「出ていいよ」

「ごめんね」

しゃべり続けて数時間。僕は適当に相槌を打っているだけだったけど、あっという間に時間は過ぎていた。木下さんのスマホが鳴ったことで、ようやく静かなひとときが訪れる。

「了解。ジローは今一緒にいる。わかった。じゃあ」

短い言葉でポンポン返していき、スマホを耳から離す。

「ごめん。もう夕食だから帰ってこいって言われちゃった。秋山家も一緒にバーベキューするんだって」

「まじか。やったぜ！　肉食える！」

「ほんとごめんね」

「ううん。じゃあ今日は解散で」

成田さんがそう言いながら立ち上がる。それに合わせて僕たちも立ち上がり、カバンを持って会計へ。

「ここは俺が払うから」

「あ、自分のは……」

「いいんだって。瑞季もさっきは悪かったな」

財布を出そうとする僕の手を止めて、本当に全員分を払ってくれたジロー。男前すぎるな。案外ジローは義理がたいところがあるようだ。

「ジロちゃんありがとう」

「ごちー！」

「僕の分まで、ありがとう」

「いいってことよ。もう俺ら友達だしな」

ニッと歯を出して笑うジロー。心にじわっとよくわからないけど、優しい温かみが広がっていく感じがした。違和感はあるけど嫌な気分ではないから、気にしないで流しておく。

「花純も日野も、今日はありがとう」

「さんきゅーな」

「こっちこそありがとう。楽しかった」

「日野は花純のこと送ってあげなね！」

「えぇ⁉」

「男ならかわいい女子をしっかり送り届けてやれよ」

驚く僕に対して、ニヤニヤしている二人。まだこんなに明るいのに送るのか？

でも、ここでバラバラになるのも変なのかな。よくわかんないけど。

「わかった」

「素直じゃん」

「さすが瑞季」

「今、かわいいって認めた？　認めたよね⁉」

成田さん一人だけズレている。

そこかよ、と僕はため息をつくけど、ジローと木下さんは大きな声を出して笑っていた。この場に温かい空気が流れる。それはやわらかい優しさを含んでいて、すべてを受け入れてくれているような心地よさがあった。

「じゃあ、また明日」

「またなー！」

手を振りながら、二人は歩き出す。

「またね！」

成田さんも大きく手を振って見送っている。二人が完全に前を向いた時に、成田さんは僕のほうへ体を向けた。

「まだ時間ある？」

「うん。というか送るよ」

「べつにいいよ。二人に言われたからってそこまで気をつかわなくても。らしくないじゃん」

「成田さんこそ、気をつかうなんてらしくないじゃん。送るから」

「わたしの家が知りたいんだね。それなら仕方ないなぁ」

「どうとでもとってくれたらいいよ」

「じゃあ、とりあえず遠回りして帰ろっか」

何で？

と思ったけど、成田さんが歩き出したからすぐについていく。

家がどこにあるのか知らないから、本当に遠回りしているのか僕にはわからない。

さっきまでうるさかったのが嘘のように一言も話さず、聞こえるのは街の喧騒と二人の足音。僕の半歩前を歩く成田さんにただついていく。気まずい、とは特に感じない。僕はどちらかというと賑やかよりも静かなほうが好きだから。でも、成田さんらしくなくて不思議な気分にはなる。知り合ってから、さっきも、ずっと成田さんは常にしゃべっていてうるさいくらいだった。むしろそれが成田さんであって、静かな成田さんは成田さんではない気さえする。

「……成田さんと知り合って、僕の世界は変わったよ」

「え?」

どうしても成田さんが無言でいるなんてらしくなくて、思わず僕から話しかけてしまった。僕から話しかけることだってらしくないのに。

「こんな賑やかな放課後は初めてだった」

「楽しかった?」

「わかんない。でも、嫌ではなかったよ」

「そっか」

少し声のトーンが上がった。楽しいかはわからないけど、嫌ではないしあの空間から逃げたいと思ったのも最初だけで、途中からは一度も考えなかった。今までの僕では考えられない心情の変化だ。

「成田さんの友達は元気だね」

「二人ともいい人でしょ？　美玲もジロちゃんも距離感が壊れてるけど、だからこそ誰とでも仲良くなれちゃうんだよね」

　距離感が壊れているのは成田さんも同じだと思う。と喉まで出かかった言葉を呑み込んだ。彼女は自分も距離感が壊れていることに気づいていないらしい。ということは、彼女に似ている木下さんもジローも気づくことは難しいだろう。天然の集まりなのか。

「二人とも、今日初めて瑞季くんと話したとは思えないくらい、打ち解けてたでしょ」

「そうなのかな？」

「瑞季くんも普通におもしろい人だもんね。話しやすいし」

「それは、成田さんが話しやすくしてるんじゃん」

「わたしはそんなにすごくないから」

　謙遜か本音か。

　何となくだけど、後者な気がした。声のトーンがふざけた感じではなかったから。どちらかといえば成田さんはこんな時、「でしょ？」と乗ってきそうだ。そうして茶化すイメージがあるけど、今はしっかりと否定した。きっと、本心。

「瑞季くん、ごめんね」

焼肉屋の前を通り、川と土手に挟まれた車が一台ギリギリ通れるくらいの細い道に入った時。前を向いたままの成田さんが、不自然にいきなり明るくした声で謝罪の言葉を口にした。無理に出した明るい声は明るいどころか泣きそうで、空気に溶けて弱々しく消えてしまう。

「何が？」

「わたし、今日ひとつ嘘ついた」

「……嘘？」

歩きながら、何でもないような素振りのわりに、先ほどと同じ泣きそうに聞こえる声で言ったセリフに反応が遅れた。僕は成田さんがついた嘘には気づいていない。だから突然のカミングアウトに戸惑う。何を話したっけ？　今日話した中に成田さんの嘘があった。一体、どれだろう？　思い返しても心当たりすらない。

「わかんない？」

考えたことによって歩みが止まった僕を振り返り、首を傾げて尋ねる成田さん。彼女の顔を見て、もう一度考えたけどやっぱりわからなくて、コクリと首を縦に小さく動かした。

「わたしの両親、いないって言ったでしょ？」

近くにあったアーチ状のシルバーの車止めに軽く腰掛ける。僕もそこまで行き、隣にあるもう一つの車止めに同じように軽く腰掛けた。

「うん。事故で亡くなったって……」

「その言い方だと、両親とも事故で亡くしたって思ってない？」

まっすぐに見つめられて、生唾を飲み込んだ。違うのか？　少なくとも、僕はそう解釈をした。昼休みの時。

『わたし、両親いないんだ。小さい頃に事故で亡くなって』

成田さんは、そう言っていた。この場合、両親とも事故で亡くしたと考えるほうが自然だろう。

「違うんだよね。事故で亡くしたのはお母さんだけ」

「そうなんだ」

こういう話は正直少し苦手だ。でも、大事な話なのはわかるから、声のトーンを落として静かに受け止める。それしかできない。

「前に聞いたよね？　何でそこまでして自分を犠牲にできるのか、って」

河川敷で成田さんの能力について話した時だ。僕たちが秘密を共有した時。確か僕は彼女へ疑問をぶつけた。その時は納得のいく返しがなくて、サラッと流された。

「少し長くなるんだけど話すね」

彼女の前置きに、声は出さず静かに頷いた。

「わたしの両親は昔から仕事ばかりだった。理由としては、わたしが生まれて間もない頃に亡くなったおじいちゃんが借金を残してて、おばあちゃん以外に一人っ子のお父さんしか返す人がいなかったから。詳しくは聞いてないけど、わたしが小学生になっても、両親が遅くまでヘトヘトになりながら働かなければいけないくらいの額はあったんだと思う。そんな両親の姿を見ると、甘えることなんてできなかった」

昔を思い出すように、というよりかは今もその悲しみや苦しみに耐えながら話しているように聞こえる。それはきっと、成田さんにとっては今でも昨日のことのような感覚で、毎日思い返しているから昔ではないんだ。と、切なげな声と横顔を見て感じる。

「小二の冬、二月だった。まだまだ寒いのに、わたしは友達と雨が降っている中、外で思いきり遊んだんだよね。案の定、次の日は高熱が出た。でもね、熱が出たおかげでお母さんは仕事を休んでくれたの。その日はずっとお母さんがついててくれて、看病してくれて、すごく嬉しかったんだよね。わたしのためだけに動いてくれるお母さんに心があったかくなって、ずっとこのままだったらいいのになって思った」

まだ小学生なんだ。働く理由も事情も、知っていたとしても理解することは難しいだろう。納得なんてできるわけがない。大人の事情と子どもの気持ちは別の問題だ。どんな理由があるにしろ、仕事よりも傍にいてくれたほうが嬉しいに決まっている。

成田さんはいつも笑顔で明るく振る舞っているから勝手に、何の不自由もなく笑顔にあふれた愛情いっぱいの家庭で生きてきたとばかり思っていた。そんな浅はかな想像しかできていなかった自分は、なんて小さいんだと情けなくなった。

「お母さんは、わたしが熱を出したからこんなにかまって優しくしてくれて、傍にいてくれているんだと思った。いつも忙しいから、せめて今日だけでも思いきり甘えたかった。だから本当は、夕方には熱は下がっていたのに甘えたくて、初めて嘘をついたの。まだ熱があるって。そうすればお母さんは傍にいて優しくしてくれるから。それを直接感じたくて、わがままも言った。駅前のプリンが食べたいって。まだ外は土砂降りなのにね」

彼女を見ても空をまっすぐに見上げていて、僕の視線には気づかない。涙こそ流れていないけど、その横顔は泣いているような気がした。

「わたしのわがままにお母さんはすぐに応えてくれて、嫌な顔せずに土砂降りの中、家を出てプリンを買いに行ってくれた。わたしは、わたしが気づけていなかっただけですごく愛されていたんだよ。それなのに、自分の欲だけで嘘をついた。わがままを言った。結局、お母さんがプリンを持って帰ってくることはなかった。雨と車のヘッドライトで信号がよく見えなかったらしい車が信号無視して、お母さんの乗っていた車に勢いよく衝突。即死だったって」

堪えるように、今まででいちばん大きく震えた成田さんの声に、鼻の奥がツンとした。何も言うことはできない。かける言葉も見つからないから、成田さんの言葉を待った。

「お母さんの死をきっかけに、お父さんは壊れた。ショックで仕事にも行けなくなって、ずっと家でお酒に溺れて精神も体もおかしくなっていった。魂が抜けたみたいにボーッとしていて、何もしゃべらないお父さんの姿をしただけの人形のようだった。わたしがお腹を空かせるとお金だけ渡してくる。会話なんていっさいできる状態じゃなかった。わたしはそんなお父さんをただ見ることしかできず、自分の空腹を満たすだけで精いっぱいだった。他のことなんて何も考えられなかったの。結局、精神がおかしくなったお父さんは、お母さんがいなくなって一か月後に突然家を出て行き数日後、遺体となって家に帰ってきた」

想像を絶するほどの話に息を呑む。小学生の女の子が経験するには、あまりにも残酷で重すぎる。話を聞いただけで、胸が締め付けられ息が詰まる。成田さんはまだ空を見上げている。やっぱりその顔は泣いて見えた。

「こうなったのも、全部わたしのせいなんだ。わたしが雨の日に遊ばなければ、熱なんて出さなければ。ううん、いちばんは嘘なんてつかなかったら良かったの。嘘ついてわがまま言ったりしたから罰が当たったんだ。お母さんの優しさを踏みにじるようなことをしたから。愛情を確かめるようなことをしたから。だから、お母さんは死んだ。わたしが、殺した」

　過激な言葉に成田さんの苦しみと悲しみと辛さと後悔が詰まっていた。違うよ、と軽々しく否定することはできない。わかったような言葉を並べて寄り添うこともできるはずがない。成田さんはずっとこの苦しみを抱えていて、今も背負っているから。今話を聞いたばかりの僕が、彼女の長年背負ってきた重すぎる荷物を下ろしてあげることなんてできるわけがない。下ろすことが正解かもわからない。だからただ自分の拳を強く握って、成田さんの言葉を受け止める。

「お父さんもそう。わたしがお母さんに嘘をつかなければ、お母さんは生きていて、お父さんも精神がおかしくなって体を壊すまで追い込まれることはなかった。狂っていく姿を見るのは怖い。……けど、それだけじゃなくて、お父さんが狂っていく姿を見ることしかできなかった自分も嫌になる。わたしのせいでお母さんが死んだ罪悪感で、お父さんに向き合うことができなかった。話そうとしなかった。わたしは大切なものを自分から壊して、狂わせて、背を向けて逃げた。そう気づいた時には、もう何もかも失っていて、やり直すチャンスすらなかった」

　親に甘えたくてついた小さなひとつの嘘が、悲しい結末へと広がってしまった。その苦しみは僕にはわからない。想像することしかできないけど、きっと想像したところで成田さんの気持ちの百分の一にも満たない。それでも、彼女の抱えるすべてとはいかなくても、ほんの一部だけでも理解し寄り添えたら、支えになれたら、と考えてしまった。

「両親の保険金によって借金完済できて、わたしだけが不自由なく今を生きてる。皮肉だよね」

自嘲気味に笑った成田さんの横顔は、儚くて消えてしまいそう。僕は小さく深呼吸を一度してから口を開いた。

「それが、他人にも余命を渡す理由？」

僕の質問に成田さんは空を見上げていた顔を僕へと向けた。大きな瞳には強い意志が宿っていて、吸い込まれそうだ。彼女は僕にその視線を向けたまま深く頷いた。

「もう後悔したくない。誰かの死によって、他の人まで狂っていく姿も見たくない。やり直したくても、死んでしまったら何もできない。後悔だけが募って、それを一生抱えて生きていくことになる。わたしみたいな思いをする人はいなくていい」

「知らない人にもそう思うの？」

「みんな幸せのほうがいい。わたしはやり直したくても、向き合う相手がこの世界にいない。そうなってからだと遅すぎるんだよ。でも今のわたしには、変えられる力がある。これはわたしにしかできないことだから、わたしが変えたい。生きてさえいれば変えられることはあるんだよ。きっと、絶対に、変えられる」

大切な人の死をきっかけに、成田さんは強い意志を固めたんだ。けど、この言葉が本心だということを知っている。僕はすでに見ているから。だからあの時も、事故に遭った見知らぬ人に対して何の躊躇(ためら)いもなく必死に駆け寄って余命を渡したんだな。余命を渡すことは息絶えた人を助けるだけではなく、彼女自身の願いも込められているんだ。

「……そっか」

やっぱり何て言えばいいのかわからなかった。こんなに重く苦しい過去を、自分の意志を話してくれたけど、気の利いた言葉なんて出てこない。ただ返事をして、すべてを受け入れるくらいしか、話を聞いたばかりの僕にはできなかった。成田さんの測り切れない辛さやその上で抱いた固い意志にとっては、僕の言葉は蛇足でしかない。

「え？　そんだけ？」

「………………」

もっといろいろ言われるのかと思っていたらしい成田さんは、拍子抜けしたみたいに目を丸くして首を傾げた。無言で頷いた僕に今度は吹き出して、声を上げ笑い始める。たくさん辛いことを話させてしまったから、感情のタガが外れておかしくなったのかもしれない。

「ごめん。何て言えばいいのか」

「はは、いいよいいよ。瑞季くんはそのままで。むしろ変わらないでね」

「どこを？」

「他人に興味がないところ。感情が薄いところ」

「僕を何だと思ってるの。それなりの興味はあるし感情もある。少なくとも、君には感情動いた」

彼女の支えになれたら、なんて少しでも思ったことは言わないけど。

「やった。じゃあこれからもわたしに興味を持ってね。瑞季くんの感情はわたしが作ってあげる」

「成田さんに僕が作られるのは嫌だな」

「喜ぶところなのに！」

僕の感情が成田さんに作られでもしたら、成田さんみたいなハイテンションになるのか。いや、どう考えてもそれは無理だろう。いくら彼女でも、こんな僕をあそこまで常にハイテンションにできるわけがないな。まずこれまでの人生で一度も、普段の彼女と同じくらいのテンションになったことがない。

「まぁ、できるならやってみなよ」

「言ったな？　わたしが瑞季くんの感情をプロデュースするからね」

どうしてこんな話になったのか。

重苦しい空気はどこへやら、いつのまにかいつも通りの空気に戻っている。余韻というものがないのか。彼女と話すといつもそうだな。

「話逸れたね」

「べつにいいよ。むしろそれでいいよ。重い空気は苦手だし」

「それは僕もだけど、時と場合によるだろ。僕もだけど」

「瑞季くんが瑞季くんで安心した。こんな話したあとって、同情されて変にフォローされて、ずっと重い空気になりがちだけど、そっちよりいい」

今のあっけらかんとした空気もどうかとは思うけど、成田さんがそれでいいなら僕もそれでいい。

こういう話を聞いて辛く悲しい気持ちに引っ張られ、その雰囲気に呑まれるのもいいけど、それではいつまで寄り添えばいいのかわからない。重い空気をずっと引きずればいいってものでもないだろうし。少なくとも、僕はそのタイプではないから、僕は僕にできる関わり方をする。

「こんな僕でよかったら、聞いてほしいことがあれば話せばいいよ。聞き流すし」

「聞き流すんかい！　話すけど！」

「話すんかい」

成田さんと僕のツッコミが交互に行われ、成田さんが再び吹き出す。顔をくしゃっとしてお腹を抱え、目に涙を浮かべながら笑う成田さんを見つめる。そんなにおもしろかったのか。いや、違うな。

やっぱり、両親の話をすることは、彼女にとって辛いことなんだ。辛くないわけがない。それでも彼女は僕に話した。お互いの秘密を共有しているからだろうけど、話してくれたことは受け止め僕の心に留めておく。辛さや悲しみにあふれた涙を流さない彼女だから、笑いで無理やり誤魔化しているんだ。きっと今までも、その持ち前の明るさで隠してきたのだろう。強くあろうとする彼女の目に浮かぶものの意味には、気づかない振りをした。

「あ」

不意に成田さんは一点を見つめて声を漏らす。その声につられて、成田さんが見つめる先へ視線を移した。川の向こう側には田んぼがあって、田んぼの端のほうでアイガモが一羽倒れて動かなくなっていた。その周りに小さなアイガモが数羽いる。子どもなのだろうか、動かない大きなアイガモの周りをウロウロしている。成田さんは腰を上げるとすぐに走り出した。コンクリートで作られた横幅五十センチほどの橋とも言い難い、少しでもふらつけば川に落ちてしまいそうな橋を、怖がることなく渡っていく。

「成田さん⁉」

僕の戸惑いの声を背に、畦道をずんずん歩きアイガモの前にしゃがみ込む。それでも周りの小さなアイガモたちは逃げない。こんな細いコンクリートの上を渡るのは成田さんと違って僕は怖いけど、彼女を追うために恐怖心を振り払ってなんとか渡る。

数メートル先の彼女は小さく微笑んでから目をつぶり、倒れたアイガモの頭を撫でるように優しく触れた。少しして、アイガモの羽がぴくっと動き、腹のあたりが上下し始める。呼吸を始めた。

心臓が動き出した。

「元気でね」

呟くように言った成田さんの横顔から目が離せない。大きなアイガモは立ち上がると、小さなアイガモたちと田んぼに入っていった。その様子を優しい瞳で見つめる成田さんに手を伸ばす。そこで自分の手が震えていることに気づいた。鼓動も速くなって、このまま心臓が口から飛び出しそうだ。成田さんの肩にそっと手を置く。

【18.87】

朝から一年減っている。きっと、絶対。

今、使ったからだ。

「どうして……」

顔を上げて僕を見る成田さん。僕は手だけでなく声まで震えていた。見え続ける成田さんの減った余命。あと、十八年しか生きられない。

「どうして、アイガモにまであげるの？」

君は知らないんだろうけど、あと十八年しかないんだよ。時間は有限。君の命にも期限があるというのに。

「助けられる命がそこにあるから」

強い瞳。

揺るぎない意志。成田さんは知らない人でも、動物でも、誰にでも関係なく自分の命を渡すんだ。さっきまで動かなかったアイガモが元気に田んぼを泳ぎ回っている。視線を田んぼに移し、満足そうにアイガモたちを見つめる成田さん。でも、僕はどうしても納得できない。さっき、成田さんの過去の話を聞いた。それは受け止めるよ。けど、受け止めた上で、黙っていられない。

「誰にでも渡すの？」

「そうだね。これはわたしにしかできないことだから」

迷いなく即答。成田さんは今までも、こうして自分の命をあげていたんだ。命を落とした生き物に、再び生を授けてきたんだ。減りが早いと思っていた。命を渡さなければいけない場面なんて、そうないはずだ。このような使い方をしているのなら、減りが早いのも頷ける。やっぱり誰にでも簡単に、余命をあげているんじゃないか。

「どこからどこまで使うの？」

「そんなに興味ある？」

「だって、こんな使い方……」

「命は命だよ。重いも軽いもない。命に優劣つけたくない」

僕の言いたいことを先読みして強い口調で言う。わかってるよ。それくらいわかってる。でも、それは成田さんも同じだ。

「だとしても、成田さんが自分の命を削る必要はないんじゃないの」

「そうかもしれないね」

「優劣つけたくないって言った成田さんが、自分の命を下に見てる」

「そんなことないよ。さっきも言ったじゃん。わたしにしかできないことだから、わたしがするんだよ」

「それでも！　自然の摂理に人間が手を出していいはずがない」

人はいずれ死ぬ。生まれた時からそれは決まっていて、すでにカウントダウンも始まっている。ランダムに与えられる余命。運命を自分で決められないのはみんな同じなんだ。成田さんの能力によって彼女の余命が減り、他の人が生きるなんてやっぱりおかしい。この世界には生きたい人なんてたくさんいるんだよ。彼女に出会えた人だけ特別で、余命が延びるなんて不公平だろ。

「変えてはいけないこともあるんじゃないの？」

「それでも変えたいんだよ。変えられるなら変えるべき。それが、この能力を持ったわたしの使命だと思うから」

　今年で十七歳だというのに、すべてを受け入れて運命に立ち向かおうとしているみたいだ。いや、本来なら変えられない運命を変えている成田さんは、一人でずっと立ち向かってきたということだ。成田さんの強い思いはわかった。過去の出来事をきっかけに、彼女も苦しんで後悔して思うところがたくさんあって、絶対に曲げられない部分があるのもわかる。自分の命だ。僕がその使い方に理解ができなくても、とやかく言う権利などない。ないけど、知ってしまった僕の気持ちはどうなるんだよ。黙って見とけとでも言うのか？

「瑞季くんが心配してくれてるのもわかるよ。わたしだって、自分がそう長くはないんだろうってことは感じてる。この能力に気づいてからはけっこう渡してきた。でもね、それでもわたしは惜しみなく使いたい。わたしの命を削ってでも、大切な人の死で悲しむ人が少しでも減ったらいいなって思う」

「動物は？　野生の動物にも？」

「変わらないよ。ほら、あのアイガモの親子だって嬉しそう」

視線を田んぼに向ける。さっきまで倒れていた大きなアイガモの後ろを、小さなアイガモが泳いでいる。嬉しそう、と言われればそう見えるかもしれない。倒れている大きなアイガモと、その周りを不安げにウロウロする小さなアイガモを見たから。

「死って怖いよね。わたしはこれまでに触れた人や生き物の温もりを覚えているよ。冷たくて動かなかった感触も、覚えてる」

悲しみの色が深まる。助けられない人や生き物がいた。成田さんはどうしてそんなに、生物の死にゆく場面に出くわしているんだ。こんな能力を持っているから、必要な人が引き寄せられてくるのだろうか。そんなのわからない。わからないけど、一人の女子高生が背負うにはあまりにも重く、残酷すぎると改めて思った。

「でも、一年後にはさ」

「うん。でもその一年で、できることも変わることもきっとある。一年って長いようで短くて、長いからさ。わたしはね、みんなの未来を繋ぐことができるんだよ」

「未来……」

「そうだよ。だから、わたしは大丈夫」

何が大丈夫だ。全然、大丈夫じゃないだろ。いくら話を聞いても、彼女の考えに共感できるところはない。彼女の後悔も苦しみも、そこから生まれた強い意志も、本当にすごく尊くて立派で素敵だと思う。どれだけの悲しみの海から抜けてきたのか。誰

にでもできることではない。もし、僕が余命を渡す能力を持っていたとしても、他人
に渡すなんてできないだろう。僕が思っている以上に、成田さんは強い覚悟を持って
いる。
「大事にしなよ」
何とか考えて出したセリフ。それしか言えなかった自分に、沸々と湧き上がってく
る怒りを覚えた。何の怒りかなんてわからない。けど、無性に腹が立った。
「ありがとう」
素直にお礼を言う成田さんにも腹が立つ。彼女の命だから、彼女が好きなようにし
たらいい。けど、本当にそれでいいのか？　両親の時の後悔を繰り返さないために、
自分と同じような人を減らすために、なんて出来すぎだろ。彼女を産んでくれた両親
の気持ちは考えないのか。彼女の周りにいる人のことは考えないのかよ。これだけ他
人のこと、他人の周りのことを見ているのに、自分の周りを見れないわけがない。彼
女が死んで悲しむ人もたくさんいるんだ。
やっぱり考えても考えても、そこまでする必要はないと思う。彼女の過去を聞いて
理解しようとしたけど、余命を渡すことに関してだけはどうしても理解できない。わ
かり合えない。彼女の余命が減るところを目の当たりにしたら、やっぱり無理だ。後
悔も辛さも苦しさも、助けたい気持ちも全部持っていていい。だけど、自分の命を減

らすのは絶対に違う。って、何で僕ばっかりこんなにイライラするんだ。

いつもと変わらない笑顔を向けてきた成田さん。

その笑顔を見て、怒りからか何なのかわからないけど、無性に泣きたい気持ちになった。

【4】

「瑞季、これ食ってみ。すげぇうまいから」

「ジローは味覚おかしすぎ」

「うぇ〜、水。水ちょうだい」

ニコニコしているジローと眉をしかめる木下さん、喉を押さえながら水を求める成田さん。これは、カオス以外の何物でもない。今は昼休みで、僕の席にこの三人が集まってきている状態。ジローはクラスが離れているのに、わざわざこの教室まで来ている。初めて四人で放課後を過ごした次の日から、この四人で昼休みを過ごすようになった。すでに一週間が経っている。

賑やかな空間にも少し慣れ始めてきた自分がいる。

「はい、花純」

木下さんが成田さんに水の入ったペットボトルを渡す。それを受け取るとすぐにいっき飲みをした。

「……ぷはぁっ。ありがとう！」

ジローが買ってきた新発売のグミを食べて瀕死だった成田さんが復活する。グミだけでここまで苦しむとは、怖いおやつもあったもんだ。

「うん。それにしても、花純にこんなの食べさせて、どうなるかわかってるの？」

「いや、うまいって。花純の味覚がおかしいだけ」

「はぁ？　ここまできて花純の味覚だって？」

「じゃあ瑞季に決めてもらおうぜ」

「いいよ。日野がおいしいって言ったら、あんたの味覚を認めてあげるよ」

どうしてそうなる……。二人から強い視線を向けられて、逃げられない状況。仕方がない。

覚悟を決めるしかないようだ。さっきの成田さんの様子は見ている。ペットボトルの水はキャップを開けて、手に持っておこう。

「ほら、瑞季。好きなだけ取っていいから」

「ひとつで」

本当ならひとつでも嫌なのに。木下さんは食べてすらいないけど、それはジローの味覚を信じていないからだろう。成田さんは好奇心から食べてあの有様だし。拒否したい気持ちしかないけど、僕はこの二人の視線に負けてグミを口に放り込んだ。口に入れて舌触りを確認してから数回噛む。

弾力がすごくて押し返される。

「どう？」

「うまいだろ？」

木下さんとジローが僕をじっと見てくる。

「めっちゃ噛むじゃん」

成田さんは僕の行動に目を丸くしている。そういえば成田さんは、口に入れた瞬間に変な顔をしていた。僕はそこまでではない。

むしろ成田さんと反対だ。

「食べられる」

「え？」

「というと？」

「おいしい、かもしれない」

成田さんの反応や木下さんの食べないところから、相当まずいと予想していたけど案外いける。べつに嫌な感じではない。

「よっしゃー！」僕の感想を聞いて、ガッツポーズで喜ぶのはジロー。

「ありえない……」と驚いて僕を見るのは木下さん。

「これで俺の味覚、認めてくれた？」

「日野も味覚音痴だったとは……」

「え？」

「ジローの味覚に合う人は味覚音痴だよ」

「ちょっと待て、美玲。話が違う」

「心外だけど、本当においしく感じたんだよ」

「瑞季くん音痴ー！」

「音痴だけはやめて。意味が変わってくる」

わいわい騒いでいると、時間はあっという間に過ぎて昼休みの終わりを知らせるチャイムが鳴る。ジローはニコニコしながら教室を出て行き、木下さんは不服そうに自分の席へ戻った。

「瑞季くんってあの味が好きなんだ。やばいね」

成田さんは抑揚のない声で僕にそれだけ言って、前を向いた。驚いて目を見開いたまま、彼女の後ろ姿を見つめる。

失礼な人だな。

好みじゃないか。それに成田さんに引かれるのはあまり気分が良くない。だから、ちょっとしたいたずら心で、シャープペンの背で首の後ろを軽く突いた。

「ひゃっ」

肩を跳ね上がらせて、驚きの声を漏らした成田さん。その反応に満足して小さく吹き出した。いつもやられっぱなしだから、こうして成田さんが想像していないことを不意打ちでできるのはいいな。ちょっとだけ、楽しいと思った。首の後ろを押さえて振り返る成田さんは怒った表情をしている。それを見れて僕は満足。

「瑞季くん！」

「どうかした？」

「白々しい！」

「成田さんからその単語でツッコミを入れられるなんておもしろいね」

「おもしろくないんだけど」

「ほら、先生来たから前向きなよ」

「んむ～、覚えてろよ」

バトルギャグ漫画の雑魚キャラみたいなセリフを吐く成田さん。そんな様子に口角が上がるのが止まらない。

「にやけすぎ」

唇を尖らせた成田さんが、僕の頬を指でつまんだ。さすがに予想外で驚く。彼女は自然に触れすぎだ。しかも頬とかなかなか触らないだろ。

「プッ、いい顔」

成田さんに仕返しをされてしまった。してやったりと笑っている彼女に触れられて見える数字。

【18．80】

短いな。あと、十八年。

十八年しかないのに、成田さんは瀕死の人や動物がいたら、自分の余命を迷いなく渡すのだろう。成田さんは余命があと何年あるのか、厳密には知らないから。知っても、変わらないんだろうけど。なぜか胸のあたりがズキッと痛んだ。理由はわからない。けど、どうしようもなくモヤモヤした自分でもわからない感情が出てきて、やり場がなくなったから八つ当たりで成田さんにデコピンをした。

「いったーい」

「おーい、もう授業始めるぞ。号令」

成田さんが大きな声を出した時、本鈴が鳴り先生が声をかけた。成田さんお得意のオーバーリアクションのせいでクラスの視線を集めたけど、先生のおかげですぐに号令がかかり変に注目を浴びずに済んだ。

助かった。

注目は浴びたくない。それは今も変わらない。だけどもう、成田さんと距離を置こうとは思わなくなっていることに気づいた。成田さんの背中を見ながら五限目の授業を受ける。五限が終わると男子は教室を出て、次の体育の着替えをするために隣の教室に移動する。僕はすでにカバンに体操服を入れて用意していたため、五限が終わった瞬間、カバンを持って隣の教室へ行った。今日の体育はマラソン大会に向けて持久走をすると前回言っていたから、正直休みたい気持ちでいっぱいだ。

憂鬱な気持ちに押しつぶされながら、着替えて一人でグランドへ行った。

「二人ペアになって、ペアの人のタイムを覚えて教えてやってくれ」

授業が始まると同時に、体育教師が悪魔のセリフを吐く。ペアを作る系のものは、僕が余ることが目に見えている。ぼっちの宿命というやつだ。先生に言いに行こう。いつもみたいに「相手がいません」って。ペアができていく集団から距離をとり、前にいる先生の元へ足を向けた。

「ミズキ、だっけ」

「え?」

僕の前方からやって来た男子三人組。クラスメイトだけど話したことはない。

「あ、うん。それ名前。日野瑞季」

「苗字じゃないのか。まぁいいや。俺とペア組もう」

「え? 僕と?」

「あぁ。俺余ってるから」

そっか。

三人組だから、二人ペアを作ると一人あぶれてしまうんだ。でも、他にも奇数グループはいるはずなのに何で僕? 名前すら覚えていないのに。初めて話すクラスメイトの名前を間違えて『まぁいいや』と言えてしまうことから、そんなに深くは考えていないんだろうけど。どうせペアを作らないといけないのだから、先生に言いに行く手間がはぶけた。僕だって、まぁいいやで彼とペアを組むことにする。

「うん」

「よし、決まりな」

ペアが決まり、各々アップを始める。十分後にスタートするらしい。

「瑞季は先がいい？　あとがいい？」

「選んでいいよ」

「じゃあ俺が先行くわ」

僕は体力がないからアップはストレッチ程度でおさえ、前屈をしていると話しかけられた。普通に話してくるけど初会話なんだよな。いちいち初めて話す、とか気にするのは僕だけなんだろうか。

「瑞季って最近、木下や成田と仲良いよな」

「仲良いというか、成り行きで一緒にいるだけだけど」

「あと違うクラスの男子も一緒でさ、なんかそこのグループ楽しそうだよな」

「そう」

すごく話しかけてくるな。さっきまで苗字だと勘違いしていた名前を普通に呼んでいるし。成田さんたちだけでなく、高校生はみんなフレンドリーなんだな。少数派だとしても僕は気軽に話しかけるなんてできないし、わざわざ自分のこの性格を変えようとも思わないけど。

「で、どっち？」

「どっち、とは？」

「木下と成田。どっちと付き合ってんの？」

「それ俺も気になってた」

「わかる。実際どっちなんだろうって」

人数が増えた。ストレッチをする僕の周りに、興味津々と言わんばかりに近づいてくる。女子といるとこんなふうに思われるのか。

「どっちとも付き合ってない」

「まじかよ。じゃあ何？」

「普通にクラスメイトだよ」

「えー、俺らもクラスメイトなのに一緒にいてくんないけど」

「瑞季がいいってことは、やっぱりミステリアスだから？」

「謎があるほうが暴きたくなるからモテるのか」

「顔は？　瑞季、前髪上げてみて」

三人とも僕のことを名前で呼んで、グイグイくる。六つの目が僕を捉え、それに抵抗する勇気のない僕は、控えめに前髪を片手で上げた。

「お〜、特別イケメンってわけでもないけど、普通にかわいい顔してんな」

「前髪切れよ。俺が切ってやろうか？」

「そのセンスのない前髪にされるほうがかわいそうだろ」

「あ？」

睨み合いが始まり苦笑い。気まずいな。

僕はどうすればいいのだろうか。そう思った時、タイミングよく体育教師がホイッスルの音で集合の合図を出す。

「行くか」

そこで睨み合いは終了し、体育教師の前まで軽く走る。体育座りをして説明を受けてから、一組目がスタートした。

「瑞季って話せない奴かと思ったらそうでもないんだよな」

「え？」

「成田には普通に話してるし」

「まぁ、それは成田さんがめちゃくちゃだからというか」

「でも俺、それで瑞季のこと気になったから話してみたかった」

「あ、そうなんだ」

成田さんと話していて羨ましいとかではなく、僕と話してみたいと思う人がいるとは。成田さんと同じで変わり者なのか。でも、面倒な感じではないからよかった。そのことにホッとして、無意識にしていた緊張が緩む。

「クラスメイトなんだし、これからもよろしく」

「うん」

「あ、来たぞ。おら、もっと速く走れー！　前抜けよー！」

大きな声で応援というよりは、監督かと思うくらいの檄を飛ばす彼を見つめる。正直、僕がどんなふうに見えて気になったのか、くわしい理由は気になった。でも改めて聞く勇気なんてもちろんないから聞くことはせずに、僕も聞こえているかわからないけど「頑張れー」とだけ、走っている人たちに向かって声をかけた。

「はぁ、はぁー。どうだ、速かったろ」

「すごいね。そんなに足速いとは思わなかった」

「サッカー部だからな」

「キーパーだけどね」

「それ関係あるか？」

「きっと瑞季はガンガン攻めるほうを想像しただろうから」

「うん。そっち想像した」

キーパーだとしてももちろんランニングとかしているから、こんなに速ぃんだろうな。僕がダラダラと無駄に過ごす放課後を、彼らは部活に熱を注いでいる。その努力の結果がこうして目に見えてわかる。

「顔笑ってんぞ。ばかにしてんだろ？　謝れコラ」

「してないよ。尊敬した」

「お前、いいやつだな」

「手のひら返し早すぎだろ」

変わりようの早さに思わず僕も笑ってしまう。おもしろい人だと思った。

少しジローに似ている。

「次、頑張れよ」

「それなりにね」

「ばっか！　そんなんじゃ俺みたいになれねぇよ」

「なる気ないから」

「はぁ？　尊敬したって言ったのは嘘か」

大きな声で訴えかけてくるけど、僕はそんな気はない。尊敬はしたよ。でも、なりたいとは思わないだろ。それとこれとは話が別だ。そんなすぐになれるわけでもないし、元々運動は得意じゃない。

「瑞季おもしろいな」

「最高だよ」

「どこがだよ！」

仲の良い三人で、笑いが絶えない。成田さんたちみたいだ。だからか、僕も話しやすかった。数分一緒にいても、嫌な気はしなかった。そのあと持久走で有言実行。

それなりに頑張り、今日の体育は終わった。教室まで彼らと一緒に戻り、着替えを済ませる。

「瑞季、俺らとも仲良くしてな」

「また明日学校でな」

「付き合ったら報告よろしく」

三人組は部活に行くようで練習着に着替えると、わざわざ僕のところまで来る。言いたいことをそれぞれに言って手を振るから、僕は短い返事をして手を振り返した。

以前の僕じゃ考えられないな。

ここ数週間で、なんだか目まぐるしく僕の世界が変化していっているな。それもこれも、席替えをしたあの日からだ。カバンを持って教室を出る。

今日はこのまま帰るだけ。帰ってから何しようか。と少し思ったけど、考えてもきっと無駄になる。

「遅い！　瑞季くんを待ってたんだよ」

教室を出ると、廊下で待っていたらしい成田さんが仁王立ちしている。やっぱり。と思い苦笑い。放課後は毎日と言っていいほど成田さんたちと過ごすようになったから。

「今日は学校でかくれんぼだって」

横からひょいっと出てきた木下さんに驚く。

「え、何それ」

「楽しそうじゃない？」

「よくそんなことしようと思うね」

「天才でしょ」

「そうだね」

高校生にもなって、放課後に学校でかくれんぼをしようと思いつくなんてある意味天才だよ。

「わたし！　わたしが考えたんだよ！」

元気に手を上げる成田さんに相槌を打つ。ばかと天才は紙一重、なんて言うけれど

「だろうね」

成田さんは本当にその通りだ。ばかよりの天才だと思う。口に出して言ったらめんど

くさいことになるだろうから言わないけど。

「おー、待たせたな。俺のために待ってくれてありがとな」

「ジローのためじゃないし」

「そうそう。普通に話してただけで、なんならジロちゃんのこと忘れてた」

「ごめん、僕もジローのこと忘れてた」

「お前らなぁ!!」

大きく手を振りながらやって来たジローを三人でいじる。怒りながら泣きまねをするジローに笑わせてもらってから、場所を移動した。

「それでは今から、第一回かくれんぼ大会を始めます！」

意気揚々と開会宣言をする成田さんに「ゲッ」と声が漏れた。『第一回』て、これ続くのか……？

「ルールは普通のかくれんぼと一緒で範囲は学校内全部」

「広すぎじゃない？」

「おー、燃える」

「勝てる気しかしないわ」

僕の戸惑いをよそに、ジローと木下さんはわくわくしている様子。二人とも乗り気だな。

いつものことだけど。

「時間制限は一時間ね」

「長くない？」

「何言ってんの？　これは戦だよ。見つかった人は鬼にジュース奢りで、見つからなかった人は奢ってもらう」

大袈裟すぎるだろ。あと成田さんは何でも賭けたがるな。鬼は見つけた人数分、最高三本ジュースをゲットできる。だとしても、隠れるほうが圧倒的に有利だな。

というか隠れるほうが楽だ。

「じゃん負けが鬼ね」

「よっしゃ勝つぞ！」

「あたしも勝ちたい！」

「僕も」

ここは絶対に勝つ。勝たなくてはいけない。

「みんなやる気だね。いくよ。じゃーんけん……」

成田さんの合図でじゃんけんをする。

結果はすぐに出た。

「くそ……俺のパーが……」

「やった！」

「ジローの一人負け」

「よかった……」

ジローが一発目で負けて、鬼に決まる。僕は本当によかったと思い、胸を撫で下ろした。どこかにじっとしてやり過ごすだけで何とかなりそうだ。

「じゃあジロちゃん、一分後に探しに来てね」

「すぐに見つけてやるからな」

「これは勝ち確だわ」木下さんの言う通りだ。

「ジュースありがとう」

「おまっ、絶対にいちばんに見つけてやるからな」

「はいはい」

それフラグだから。

見つからないやつでしょ。有利な位置に余裕が生まれて、走り出す成田さんと木下さんとは違い歩いて移動する。学校全体が範囲とはいえ、部活などで使わない教室は施錠されているから隠れる場所は限られる。とりあえず一分なんてすぐだから、そう遠くにはいけない。考えた結果、とりあえず階段を上って踊り場の窓からジローの動きを確認することにした。スマホを見ているジローは時間を計っているのだろう。僕もスマホで時間を確かめた。そして一分経ったと同時に、ジローが動き始めるのを確認する。

僕がいる場所とは違う方向へ走り出した。まだ隠れる場所を探していると見て、その間に見つける作戦なんだろう。とりあえず僕のところへは来ないと確信してから、隠れる場所を探し始める。

四階に来ると、移動教室で使われる教室が多いため人はいない。すべての教室のドアを確認するとやっぱり施錠されていたけど、いちばん奥の教室は施錠されていなかった。音楽準備室で楽器が多い部屋。死角にもなるな。前半はここに隠れて、ジローがこっちの校舎に来そうなあたりで移動するか。いや、下手に動かないほうが安心だな。そう考えて、奥のドラムの後ろに座って隠れる。埃っぽいじめっとした空気に包まれている室内。こんなところに楽器を置いて平気なのか、と思うけど置いているんだから手遅れだ。

ぼーっとグラウンドから聞こえる部活動をしている声や、カキーンと気持ち良く響く金属の当たる音に耳を澄ませる。野球部がバッティング練習をしていることが見えなくてもわかった。そういえば今、何分くらい経ったかな。

と、ポケットに入れていたスマホを取り出すとメッセージが来ていた。

成田さんに教わってだいぶ使えるようになったスマホでメッセージを確認する。

《ひとりめ見っけ》

その文字と一緒に、すごく悔しそうな表情をしている木下さんの写真が送られてきていた。もう見つかったのか。開始から十分も経っていないのに。あと、木下さんの後ろに小さく映る体育館から、講堂あたりに隠れていたと把握できた。講堂はこの場所から距離がある。まだ僕が見つかることはないだろう。安心してスマホをポケットに入れた。壁に背を預けて時間が過ぎるのを待つ。

……何してるんだろうな。

少し前の僕じゃ考えられなかった。クラスメイトと話すだけでなく、放課後に遊ぶなんてさ。拒否することもできたはずなのに、それをせずにズルズルとなんだかんだ一緒にいるようになった。誰とも仲良くなりたくないって思っていたのに。ジローと木下さんは仲良く百一歳まで生きるとわかったからだろうか。余命を知って、笑えたのは初めてだった。さすがにそこまで長生きだと怖いとは思わない。むしろ心がほっこりできたくらいだ。でも、成田さんは……。

——ガラッ。

急に扉が開く音が聞こえて、ヒュッと息を吸った。勢いよく開けられたドアはゆっくりと閉められて、人の気配が近づいてくる。

ジローか？　いや、吹奏楽部の部員という可能性もある。ここは用がないと入らない部屋だから。だとすれば、かくれんぼの鬼になっているジローの可能性も十分に高いけど。

近づく足音に鼓動が速くなるのを感じながら息は潜めて、ドラムの隙間から確認しようとする。まだ見えなくて、誰かはわからない。誰だ……？　思わず重心を少し前へ動かした時、頭にほんの少し当たったドラムスティックが落ちた。

「わっ」

床とドラムスティックがぶつかる音に反応した人影が声を上げる。その声で誰が入ってきたのか、顔を見なくてもわかった。

「成田さん」

「え？　瑞季くん⁉」

「しー、静かに」

大きな声を出す成田さんに言葉とジェスチャーで伝える。

焦ったように両手で口を押さえた成田さんは、謎にキョロキョロとあたりを見回してから僕のところに来た。

「ここに隠れてたんだね」

「うん」

僕と少し距離を置いて隣に座る成田さんを見た。

「ジローは?」

「図書室があるほうの棟に行くのが見えたからこっちに来た」

「じゃあまだ安全かな」

「そうだね」

力を抜いて、再び壁にもたれかかる。

成田さんも同じように力を抜いた。

「ドキドキするね。かくれんぼ」

「そうだね」

「でも、久しぶりにするとやっぱり楽しい」

「僕はもう十分だよ」

「スリルを楽しもうよ」

「それが疲れる」

普段から刺激なんて必要としていないタイプだ。毎日同じことの繰り返しで、安全安定がいちばんだと思っている。これまでの人生、常に安定を求めてきたんだから、変わったことは苦手だ。

「もったいないなぁ。どんな状況でも楽しんだもん勝ちだよ」

「僕の分も楽しんでくれたら嬉しいよ」

「じゃあ、一緒に勝とうね。美玲はすぐ見つかっちゃったみたいだし」

「さすがに早すぎ。幼なじみだから読まれてたのかな」

「ジロちゃんならどんなに遠くにいても、美玲の匂いとかたどっていきそう」

「確かに。木下さんに関してだと、警察犬より鋭い嗅覚を発揮しそうだ」

言って、同時に吹き出す。想像できてしまうのがおかしい。

容易に想像できるほど、ジローとも時間を過ごしてきたんだ。木下さんの反応も目に浮かぶ。僕はいつのまにか、ここまで深く他人と関わっている。

「瑞季くんが楽しそうで嬉しい」

「……そう」

考えて出たのは素っ気ない返事だけ。否定することもできなければ、肯定するのもなんだか悔しかった。ジローたちのことを思い出して自然に笑みがこぼれる。もう僕にとって、それくらいの存在で、一緒にいて楽しいと思っているんだろう。

僕の感情を作るとかなんとか言っていた成田さんの思い通りになっているのが、僕としては不服。だから認めているけど、彼女に認めていることを伝えるのは悔しくて素っ気なく返事をした。そんな僕の態度を彼女は気にしていない様子で助かった。

「さっきの体育でも、クラスの男子と話してたじゃん」

「見てたの？」

「うん。女子はテニスだったからグラウンド横のテニスコートにいたし」

あんまり意識していなかったから気づかなかった。少し離れたところでやっていたこともあるし、クラスメイトに話しかけられてテンパっていたこともある。

「瑞季くん、変わったね」

「え？」

「前までは誰に対しても距離を置いてたのに、普通に話してたから」

「あ、まぁ、話しやすかったというか……」

「いいことだよ。時間は有限。一瞬で過ぎちゃうんだから、今しかできないことするべき」

何それ、って笑い飛ばしたいけど、成田さんが言うと重みが違う。時間は有限。僕はその期限を知ることができて、成田さんの期限はもう二十年もない。

「まぁ、いちばんに友達になったのはわたしだけどね。瑞季くんのおもしろさを見抜いたのもわたし」

ペラペラと一人でしゃべっている横顔を見る。違和感はあった。

不自然にあいた僕と成田さんの距離。いつも距離が近くてボディタッチが多い成田さんらしくない。

「これから瑞季くんに友達がたくさんできても、いちばんはわたしだもんね。でも、たくさんの人と仲良くして……」

「……いつ？」

成田さんが話している途中、僕から彼女に触れた。肩に手を置いた瞬間に見えた数字。

【15．80】

昼休み終わりに触れた時から三年も減っている。いつ使った？

こんな短い時間に使う場面なんてあったか？

「……えへっ」

笑って誤魔化そうとする成田さんだけど、納得がいかない。誤魔化されたりなんてしない。

「虫でも死んでた？」

「さすがに虫には使ったことないよ。温もりがわからないからたぶん無理だと思うし」

「じゃあ何？」

「瑞季くんはわたしのことが気になる？」

「そういうのいいから」

茶化そうとする成田さんにも乗らない。どうしてそんなに笑ってるんだ。何でそんな簡単に、自分の命を削るんだよ。僕の真剣な声と視線に観念したかのように、成田さんは口を開いた。

「体育の時にスズメが大きい鳥に襲われて二羽落ちてきたの」

「あと一年分は」

「学校で有名な野良猫がいるんだけど、誰かが悪いものでも食べさせたのか、倒れて嘔吐して息していなかったから」

有名って、僕はそんな野良猫がいたことを知らないし聞いたこともない。それでいっきに三年分も成田さんの余命を渡すのか。何でもないように話す成田さんに、僕のほうが再びよくわからない感情で押しつぶされそうになる。成田さんがなんともないようにしているから、余計に気にかかるのだろうか。僕だけは『余命を知ってい て』と言ったはずの成田さんが、僕に触れないようにするなんて、一体どんな気持ちなんだ？

「……やめなよ」

「ん？」

「余命あげるの、やめなよ」

まっすぐに彼女を見つめて言うと、目を少し見開いて驚いたような表情をする。それでも、僕は続けた。

「やめたほうがいい。絶対に。このままじゃ、成田さんが……」

「瑞季くんは心配性だね」

「だって、もう……！」

余命が十五年しかないんだ。なんて、口が裂けても言えなかった。言いかけた次の言葉をぐっと呑み込む。一年ずつ渡して、今日で三年減ったとわかっているはずなのに。三年、彼女が生きるはずだった未来が奪われたというのに。それでも救い続けるとかおかしいだろ。何で怖がったりしないんだよ。普通はもっと躊躇するんだって。誰だって、死ぬのは怖い。

「使いすぎだよ。最近特に。もう減ってるって知ってるんだから大事にしてよ。前にも言ったよね？」

「言ってたね。でも、わたしがいいからいいんだよ。前にも言ったよね？」

同じ言葉で返してきた成田さんは、誤魔化しではなく本心の笑顔だ。そっちのほうが、見ていて苦しくなる。よくわからないけど、心が痛い。

「僕はよくない。もうあげたらだめだ」

それでも引かずにもう一度言葉にする。このままだと、彼女は余命を渡し尽くして死ぬ。だから本当にもっと大事にするべきなんだ。たくさんの人や生き物を救ったことは、彼女と僕しか知らない。文字通り命を削って救っているというのに、誰にも感謝されることはない。運命に逆らってまで救う意味はあるのか。彼女の生きるはずだった未来を犠牲にしてまで、救わなければいけない命があるのか。

「わたしはいいの」

強めの声に乗せ言葉を吐いた成田さんに、これ以上は何も言えなくなる。強い瞳は絶対に揺らがない。何を言っても無駄、ではないけど成田さんは聞き入れないと表情や声で察した。

「……余命は一年単位でしか渡せないの？」

沈黙のあと、大きく息を吐いて気持ちを無理やり整えてから話題を変える。どうしても成田さんに僕の気持ちは伝わらなくてモヤモヤしてはいた。けど、これ以上言い合ったところで根本的に意見が食い違っているから、お互いが納得することはできないだろう。根っこを変えるのは難しいため、続けてもぶつかり合うだけになるから、今は僕のほうが折れる。

「うーん、わたしじゃわからないな」

強い瞳も声も変わり、いつもの成田さんの雰囲気に戻る。切り替えが早すぎる。

そんな彼女に少し苦笑が漏れた。もう少し僕の言葉に引きずられてくれたらいいのに。彼女に僕の言葉が一ミリも響いていないみたいで悔しかった。

「今は一年あげる、とか具体的な年数で願ったりしてない。ただ強く生きて、って願うの」

「うん」

「この能力に目覚めた時が一年だったから、そこで設定されたのかもしれないね。だって、わたしがあげた人に触れたでしょ？」

「一年だった」

「じゃあそういうことじゃない？」

「そうだよね」

初めて成田さんが余命を渡すところを目の当たりにした時。

特に大きく何かが周りに起こるわけではなかった。成田さんの周りだけ別空間のような不思議な空気感はあったけど。そのあと、成田さんが触れていた人に触れたら確かに【1．0】と数字が見えた。今は年数を決めずに願うだけ。じゃあ、そういうことなんだ。

「あ……」

「何？」

「いや、ちょっと思い出したというか。でもさ、わかった」

「何が？」

「試してみればよくない？　瑞季くんは余命が見えるんだから」

「そんな軽々しく試すようなものじゃないだろ」

「いい案だと思ったのに」

「そうでもないよ」

　もしそれで、一日とかじゃなくて一年渡してしまったらどうするんだ。一日だって貴重だというのに。こんなこと、試すようなものではない。ほんと彼女は突拍子もないことを思いつく。

「あとさ」

「まだあるの？」

　嬉しそうに弾んだ声。僕が質問することにテンションが上がったのだろうか。確かにあまり自分から話を膨らませることはないけど、最近は少しずつでも話すようにはなったと思うのに。成田さんはいちいち僕が興味をもったり、積極的になったことに対して反応してくるからやりづらい。聞きづらい。けど、この際聞いておきたいから彼女のキラキラした瞳は無視して続けた。

「何でそんなに、命を渡さないといけない生き物に出会うの？」

「神だから、かな」

「は？」

「ごめんごめん。冗談じゃん。そんな怖い顔しないで」

　こんな話をしている時に冗談なんて通じるわけがない。というか、冗談を言う雰囲気じゃないだろ。彼女のそういうところ、本当に悪い癖だよ。すぐに全部おちゃらけて誤魔化そうとする。今までもそうしてきたんだろうけど、秘密を共有している僕には言ってくれてもいいじゃないか。

「わかんないけど、必要だからわたしの元へ来てくれるんだよ。たぶんね。ほら、わたし明るくてクラスの人気者タイプだから周りに人集まるじゃん？　そんな感じなんだと思うよ」

「ふーん」

「瑞季くんから聞いてきたくせに、何でそんな素っ気ない返事なの。あとツッコんでよ。自分で人気者とか言って恥ずかしいじゃん」

照れたように顔を隠す成田さんを見て、聞いた僕がばかだったと感じる。彼女に聞いてもわかるわけがないよな。余命がない人を集める能力なんてあるわけないだろうし。いや、僕たちだって特殊な能力があるから、他にも持っている人はいるのかもしれないけど、少なくとも僕らにはない。ツッコんでと言ってはいたけど、彼女の明るさで引き寄せられてくることは、なんか本当にありそうだと少し思った。

「べつに」

「もう、瑞季くんは相変わらずだな。でも瑞季くんが心を開いてくれて嬉しい」

「開いてないけど」

「え？　開いてないのに、こうして一緒にかくれんぼしてるの？」

「………」

返す言葉がない。

けど、にやついている成田さんにはむっとする。この表情を見ると、勝負しているわけではないのに負けた気分になる。

「……帰ろうかな」

「ごめんごめん。でもわたしは本当に嬉しいんだよ」

腰を浮かそうとする僕に、今度は手首を掴んで引き止める。微妙にあいていた距離もその時に詰められた。僕に気づかれた途端、触れてくるとかいい性格してるよ。隠すのか隠さないのか、どっちなんだよ。まぁ、成田さんの性格上、隠すことは難しいのだろうけど。それよりも『嬉しい』の言葉の意味のほうが気になった。

「何が嬉しいわけ？」

「そんなの、瑞季くんが友達と仲良くすることがだよ。わたしや美玲、ジロちゃんやクラスメイトと仲良くしてくれて嬉しい」

「仲良い？」

「仲良いよ！　楽しく過ごせていたら、それは仲良いんだよ」

「そう」

「ほんと素っ気ない感じ出してクールぶっちゃって。図星なんでしょ?」

成田さんはどうしてここまで自信に満ちあふれているのか。いつもいちばん楽しそうなのは成田さんだ。

「瑞季くんの、触れた人の余命が見える能力のせいで、人と距離をとっちゃうのもわかる」

いや、僕はわからない。

成田さんが『わかる』ことがわからない。だって考え方が違うのだから、きっと成田さんは僕の気持ちをわかっていない。さっきも今までも、成田さんと僕の考え方が交わったことはほとんどない。そんな人が正直、僕の気持ちをわかっているなんてありえないだろ。

「でもね、瑞季くんの能力はすごいよ。余命が見えたら、その人のことを守れるかもしれないんでしょ?」

これは僕も思ったことがある。誰かを守れるのではないか。

事前に知っているのだから救えるかもしれない。僕は、そんな人を助けるために余命が見えるんだ。祖父の死後、そう考えたことがある。

「……したことあるよ」

だけど、そんなことはなかった。僕の能力は誰かを助けられるようなすごいものではなかったんだ。

「もしかしたら余命がゼロの人を救えるかもしれない、と期待していた。小さい頃に憧れたヒーローのように、僕も誰かを救えるんだって」

すごい力なんだと思った。それこそ僕に与えられた使命だと、中二病みたいなことを考えていた。実際中二だし。

「でも、救えなかった」

当時のことを思い返して鼓動が速くなる。胸が張り裂けそうなくらいに痛い。ぐっと左胸あたりのシャツを掴む。

祖父が亡くなってから二週間と少し経った時。学校から帰っている途中で誰かにぶつかった。それは家が近くの幼なじみで、彼は私立の中学に行ったから会うのは久しぶりだった。

だけど、久しぶりに会ったことよりも、ぶつかった時に見えた【0】という数字の衝撃のほうが大きかった。祖父のことを思い出す。彼は今日死ぬ運命なのかもしれない。かもしれないじゃないな。きっと今日、彼は死ぬ。

「よう、瑞季。久しぶりだな」と明るく声をかけてくる彼が、今日死んでしまうなんて思えない。けど【0】になった人の末路を僕はすでに目の当たりにしてしまった。

いや、大丈夫だ。早く知ったのだから助けられるかもしれない。絶対、助けることができる能力だ。祖父のように突然の発作とかなら僕は何もできないけど、彼は僕と同い年だ。昔から風邪ひとつ引かない元気な男の子だったから、病気で死ぬということは考えにくい。

そう思い「一緒に帰ろう」と誘って、彼と一緒に帰った。「ノートがないから買いに行く」と言われてもついていった。

その道中、車が猛スピードで前を突っ切ったり、歩道橋で足を滑らせたりと不運が続いた。でも、どれも僕が彼の服を引っ張って車に轢(ひ)かれないようにしたり、足を滑らせた彼の腕を掴んで落ちないようにしたりと回避した。僕がいないと危なかっただろう。

見た限りの死因となりうるものはすべて回避して、他愛ない話をしながら無事に家に帰り着いた。別れ際に彼に触れた時の数字は【0】のままだったけど、余命がいつリセットされるかはわからない。

だけどもう、大丈夫だろう。危ないことからは守った。きっと変わる。そう信じていた。

けど、その日の夜。彼の家で火事が起こった。父親と兄はまだ家に帰ってきておらず助かった。母親は料理中だったが、近所の人がやって来て玄関で話し込んでいたため無事だった。その時に母親が、火を消し忘れたことが今回の火事の原因だったとあとで判明した。二階で寝ていた彼だけが火事に気づくのが遅れ、帰らぬ人となった。もう、大丈夫だと思っていた。僕がすべて回避したと思っていた。死ぬ運命は免れたと信じていた。

しかし回避しようと頑張った結果、運命は変えられないという残酷すぎる事実を証明しただけに終わった。

自宅で明日が来ることを願っていた僕は、火事だと聞いて急いで家を飛び出し見に行った。その時の光景を今でも鮮明に思い出せる。

燃える家の前で泣き崩れる彼の母親を支えるように立つのは、同じように泣いている父親と兄。そこに彼の姿はない。放水の音、消防士と野次馬たちの声。運命は変えられると、とんだ思い違いをしていた僕を嘲笑うように、パチパチと音を立てながら天に向かって上がる炎。煙は僕の心にまで入ってきて真っ黒になる。この運命に抗うことはできない――。

「変えられなかった」

久しぶりに思い出してむせ返りそうになる。苦しい。呼吸の仕方を忘れる。死、が怖い。一分、一秒と迫ってくる死が恐怖心を掻き立てる。

厳密には僕は、この日を境にして周りと距離を置くようになったのかもしれない。

「じゃあ、なおさら周りの人と関わらないとね」

「……え?」

「大切にしないと」

ニコッと微笑む成田さんは、僕の今の感情と真反対。どうしてこんな時に笑えるんだ。彼女は普通なら笑わない状況でよく笑う。

「死に対して恐怖を感じることは悪いことじゃないよ。瑞季くんは必死に、今を生きてるんだね」

優しすぎる温かい声に何も言えなくなった。確信を持って言うから、そうなのかもしれないと思いそうになる。

「わたしはね、死ぬことはべつに怖くないの。両親の元へ行けるから」

彼女自身は生きることに執着していないと思っていた。でも、それは両親がいないから。二人が亡くなってしまったのも自分のせいだと背負い込んでいるからか。だから彼女は、他人を生かすことには必死になっても、自分が生きることに対しては必死さがない。成田さん理論で言えば、だからこそ自分の命を大切にするべきだろう。けど、彼女は自分のことに関してだけそうならない。

「人は死んだら星になるって言うじゃん？」

「よく聞くね」

「でも、わたしは普通の星じゃなくて流れちゃおうかな」

「どうして？」

ノリが軽いな。というか、何でそんな話に？　縁起でもない。成田さんは死んだあとのことを考えているのか？　死んだら無だろ。何も残らないんだよ。死後の世界とか、生きている人が都合よく言っているだけじゃないのだろうか。

「止まってたらさ、どこにいるかわからないでしょ？　それに見守るだけなんてわたしらしくないし、止まっていられないもん。わたしからみんなに会いに行っちゃう。ついでに世界旅行するんだ」

死んで星になったことを想像して楽しそうに話す彼女に苦笑い。確かに成田さんらしくはあるけれど、やっぱり縁起でもない。

「パリとか行きたいな。おしゃれの代名詞って感じだよね。あと、マーライオンも生で見てみたい。けっこうおっきいんだよね？」

「ほんとに旅行気分じゃん」

「心配しなくても、瑞季くんのところへも行くよ。お母さんとお父さんも連れてさ」

「いいよ。まず生きなよ」

死んだあとの話なんて聞きたくない。僕が死が怖いって言っても、彼女は自分が話したいように話す。本当に残酷な人だ。

「でも、おばあちゃんを残していくのは心残りだな……」

「君が生きればいいだけじゃないか」

「……ん」

そこは悲しそうなトーンになり、曖昧に短く声を出すだけだった。気持ちが整っていないようで、複雑な表情をして俯いてしまった。

何て声をかけようか、と少し考えてもまったく浮かばなくて、でも『とりあえず何か話さないと』と思い空気を吸い込んだ時、

「瑞季！ 花純！ いるかぁー‼」

暗い雰囲気と静寂と、ついでにドアもぶち壊すかのような勢いで開かれる音とジローの大きすぎる声。忘れかけていたけど、今はかくれんぼ中で僕たちは隠れていたんだ。話に夢中になっていて、かくれんぼをしていることが頭から抜けていた。

「もうここくらいしかないだろ」

「ジロー、あと十秒」

「うわっ、まじか！」

木下さんの声も聞こえた。そしてカウントダウンを始める。ジローの足音が近づいてくるけど、まだ気づかれていないようだ。息を潜めながら隣を見れば、成田さんと視線が交わった。緊張が走る。木下さんの声に合わせて、心の中で僕もカウントダウンをした。

「ゼロ！」

「うわぁ……」

木下さんのかくれんぼ終了を知らせる声と、ジローの悔しそうな声が響く。

「まじでどこだよ、あの二人」

「ここだよ！」

ジローの言葉に反応した成田さんがひょこっと立ち上がる。そして、僕の手を掴んで引っ張り、立ち上がらせた。

「瑞季くんもここ」

「まじかー、超近かった。あと十秒あれば見つけられたわ」

「瑞季くんやったね！」

さっきとは違い本当の笑顔の成田さんに頷くことしかできない。相変わらず切り替えが早いな。

僕にはできない。

「二人で隠れてたの？」

「まぁね」

「大丈夫だった？　何もされてない？」

「実は……」

「ないから。というか、木下さん見つかるの早すぎじゃない？」

「うるさいわね」

「美玲のことなら何でもわかる。遠くにいても匂いでわかる。たどっていける」

「ぶっ」

ジローのセリフに思わず吹き出す。それは隣にいた成田さんも同じだった。同じ反応に驚き横を向くと、彼女もこちらを見て目が合う。そしてまた一緒に笑った。

不思議そうにジローと木下さんが僕たちを見ていたけど、笑いが止まらなかった。それはジローがジローだったからか、僕のなけなしの空元気なのか、成田さんの変なところが移ったのかはわからない。僕は少し、おかしいかもしれない。


かくれんぼをした日から十日が経った。今日の放課後はここ最近ではめずらしく、成田さんと二人だ。ジローと木下さんは部活に顔を出さないといけないらしい。ちなみに二人は園芸部と言っていた。花は好きだし、部活の日数も少なそうだからという理由で木下さんは入ったらしい。元々の日数が少ないにも関わらず、木下さんは成田さん同様ほぼ幽霊している。ジローの入部の動機なんて木下さんしかないだろうと思ったけど、やっぱりその通りらしい。本当にブレない。ジローらしくていいと思う。

そんな二人が部活で放課後空いていないなら帰っていいと思ったのだけど、成田さんがそれを許してくれない。

毎日のように放課後を過ごしていた二人が、今日は部活で一緒に遊べないと言われた時。『じゃあ、瑞季くんとわたしの二人だね』と当然のように言い放った。

言ったもん勝ちで、僕は断ることができなかった。予定があることにしようとしても、僕は他に友達がいないからすぐ嘘は見破られる。体育で組んで以来話すようになったクラスメイト三人組もいるけど、その三人はサッカー部だから放課後は部活で忙しい。断る理由ができない。まぁ、家に帰っても寝るだけだしいいけど。

最近やっと、夏の名残も薄まり秋めいてきた。一日中暑かった気温は、朝晩だけ冷え込むようになっている。その寒暖差のせいもありよく眠くなるから、家に帰ってすぐベッドに入って寝るのが最高なんだ。だらしない学生だけど、それもまた今しかできないからいいだろう。

緑色だった木々も少しずつ色を黄色や茶色に変え始めている。僕らも衣替えをしてブレザーを着る季節。目まぐるしく時間が進んでいる感覚で、ここ一か月は特に早かった。

「郵便局に寄らせてね」

「何するの?」

「切手買うの。手紙を送るんだ」

「へぇ」

「……終わり？」

「うん」

「もっと聞いてよ」

「聞かなくても話すじゃん」

「でも聞いてほしいじゃん。話さなかったらどうするの？」

どうするのって、そんなの決まってる。

僕のスタンスはいつだってそうだ。

「どうもしないよ」

「うわ、瑞季くんって感じだわ」

成田さんが顔を引きつらせる。

けど、成田さんにこんな反応をされるのはやっぱり心外だ。僕が変みたいじゃないか。どちらかと言えば、成田さんのほうが特殊だというのに。

「はいはい」

「余裕ぶっかましてるね」

「そうでもないけど。成田さんは思考がぶっ飛んでるね」

「出たな、毒舌瑞季くん。わたしは悪に屈しない」

「勝手に悪者にしないでよ」

「悪者は退治する！」

「それは面倒だな。だったら僕は自ら退散するよ」

並んで歩いていた足を反対方向へ向ける。だけど、すぐに成田さんが僕の手首を両手で掴んで引き止めた。

【15.70】

その瞬間に見える数字。かくれんぼの日からは誰にも渡していないから、規則的に減っている。それでもあと十五年しか生きられない彼女。こんなに明るくて元気なのに、十五年後には冷たくなって動かなくなる。今後また、亡くなった人や生き物に出会うと、元々少ない余命を減らしてしまうのだろう。改めて考えると、胸がチクッと痛んだ。

「もう！　そんないじわる言わないでよ。いじわるじいさんかよ」

僕の沈んだ気持ちなんて知らずに変わらないテンションの彼女。引き止めようとしている人のセリフではないな。成田さんらしいっちゃらしいけど。反対方向へ向けた足を一歩踏み出す。

「ごめん、冗談だって！　許して！」

すぐ素直に謝ると、掴まれた手首を引っ張られた。

けっこう力が強くて踏み出した一歩は元の位置に戻る。

「瑞季くんがそんなにわたしの話を聞きたいとは思わなかった。ちゃんと話すから」

「そんな話してないけど」

「えっとね、この手紙はわたしの好きなアイドルへのファンレターなんだ。この前観た映画がすごすぎて思わず感想と愛を書き留めちゃった」

僕の言葉を無視して話し始める。成田さんはいつでもマイペースだから、もう慣れてきた。慣れるほど一緒にいる時間が増えていることは想定外だったけど、今はもうそれにすら違和感を覚えなくなりつつある。

「この時代、手紙書くんだ」

「ネットが普及した今だからこそ、手書きの手紙って響くものがあるよね」

「そういうもんなの？」

手紙はもう何年も書いていない。

というか小さい頃もあまり書いた記憶がない。小学生の時に女子はよく手紙交換とかしていたのを見たけど、男子はもっぱら定規戦争ブームだった。だから手紙交換はしたことないな。

「書いてあげるよ」

「え？」

「瑞季くんに手紙」

「書くことないでしょ」

「あるある。超大作期待してて」

　手紙に超大作とかあるのか？　よくわからないけど、好きにしたらいいよ。今回の僕も、否定も肯定もしない。

「ガンバレ」

　気持ちのこもっていないエールを送る。成田さんはそれでも嬉しそうに笑って大きく頷いた。そのまま他愛ない話をしながら郵便局へ向かう。着いてすぐに窓口で切手を購入した成田さんは、早速封筒に切手を貼りポストへ投函した。

「ちゃんと届きますように！」

「変な人」

　ポストに拝んでいる成田さんを少し離れたところで見る。近くを通る人が不思議そうに成田さんを見ているから、傍にいると僕まで注目されるだろ。ここは距離を置いて他人の振りだな。

「瑞季くーん！」

　そんな僕の気持ちを知ってか知らずか、大きな声で僕の名前を呼び距離を詰めてくる。そして僕の目の前で止まるとニヤッと笑ったから、僕の気持ちを知っての行動だと確信。ほんといい性格をしている。

「行こっか」

「………」

横目で睨むように見ても、成田さんは表情を崩さない。

「いろんな顔するようになったね」

それどころか感慨深そうに言われるから、僕が負けた気分になる。感情を表に出さないようにしてきたはずが、成田さんと絡むようになってからは自然と出てしまう。

悔しいから睨むのもやめて表情を戻した。

「瑞季くんってほんとおもしろい。わかりやすいわ」

「嬉しくない」

「わたしは嬉しいけどね」

以前言われた通りになっている。成田さんにいろんな感情を作り上げられている感じだ。彼女の思い通りになるのは癪だな。

「やっぱり瑞季くんといると楽しいな」

「変わってるね」

「類は友を呼ぶって言うし、わたしが変わってるなら瑞季くんも変わってるよ。似た者同士」

「それはちょっと嫌だな。成田さんと似た者同士は精神的にキツイ」

「どういうこと⁉」

「そのまんま」

キィー！とサルみたいに怒る成田さん。うん。やっぱりこれと同じはキツイな。

僕ってこんな感じではないよな？

一瞬考えたけど、すぐに自分の中で違うと結論が出た。

「瑞季くんのばか！」

「ばかって言うほうがばかって言うだろ」

「それは、ばかの人が悔し紛れに言い返す定型文！」

「はぁ⁉」

思わずカチンときたから、足を止め成田さんを見る。成田さんも同じように僕に体を向けて、胸の前で腕を組みケンカ腰。

「あっ！」

その時、前のほうで声が聞こえ、成田さんはすぐに顔をそちらに向ける。僕も成田さんの視線を追った。そこには三十代くらいの女性が、歩道に荷物ぶちまけてため息をついていた。袋の持ち手が千切れている。荷物が重すぎたのだろう。

「大丈夫ですか？」

成田さんは気づいた瞬間から駆け寄り、一緒に荷物を拾っていた。だから僕も続いて荷物を拾う。

「ごめんね、ありがとう」

「手伝いましょうか？」

成田さんの提案に女性は微笑みながら首を横に振る。

「大丈夫よ。すぐそこだから」

拾った荷物を袋に入れると、子どもを抱っこするように持つ。大荷物で大変そうだけど、女性が目線で示した場所は道路の向こう側のマンション。本当に『すぐそこ』の場所。それに安心したのか成田さんも納得して、食い下がることはなかった。

「じゃあね。本当にありがとう」

「どういたしまして、です！」

成田さんの元気な声。

僕は軽く会釈をするだけ。女性も同じように会釈をした時、上に乗っていたシャンプーの詰め替え袋が落ちそうになった。いち早く気づいて手を伸ばし押さえる僕と、同じように押さえようとした女性の手が重なった。

「っ」

「また危なかった。ありがとね」

「……いえ」

女性の笑顔を見られなくて視線を逸らした。触れた時に見えた余命。

【0】

どうして出会ってしまうんだろう。

意外と余命【0】の人に出会う確率は高い。この能力があるからこそ、出会ってしまうのだろうか。成田さんが自分の余命を渡そうと思う人や生き物に出会うように、僕も余命がない人と出会ってしまう。そこは似ているのかもしれないな。

平静を保とうと顔に力を入れて、深呼吸を繰り返した。歩いていく女性の後ろ姿を振り返って見つめる。もうすぐなのか？　いつなのかはわからないけど、すごく胸騒ぎがする。今ここで起こるのではないか。いくら平静を保とうとしても、心臓がありえないほど速く動き出す。それなのに、指の先から冷えていく感覚がした。

「どうしたの？」

僕の異変に気づいた成田さんが顔を覗き込んでくる。

「顔真っ青だよ」

そう言った瞬間に、自分で気づいたのかハッとした表情になる。成田さんには隠さないといけない。気づかれてはいけない。でないと、成田さんは絶対に救おうとするから。自分の命を削ってでも。

「……早く行こう」

「待って。瑞季くん様子が……」

「何でもない。暑いしアイス食べよ。僕が奢るし」

「でも……」

「いいから！」

つい声を荒らげてしまう。

やばい。こんなの、何かあるって言っているようなもんだ。

「ご、ごめん。ちょっと暑くてイラついてた」

誤魔化そうとすぐに謝罪の言葉を口にする。落ち着け。

僕が落ち着かないと。

「瑞季くん」

「何？」

「……さっきの女性に触れてたよね？」

「……触れてないけど」

心拍数が上がりすぎて、口から心臓が飛び出そうだ。成田さんと目を合わせることができない。こういう時の成田さんは鋭いと知っているから。

「触れておけばよかったな。美人だったし」

「……瑞季くんって嘘下手だね」

「……嘘じゃない」

「あの人、死ぬの？」

「…………」

僕の前に回り込んでくる。無理やり視線を合わせて表情を読み取ろうとしてきた。何も言わずに成田さんを見つめ返す。これがいちばん、わかりにくいと思ったから。

「瑞季くん」

「…………」

大きな瞳に捉えられて見つめ続けることに我慢ができなくなり、自分から顔を背けた。すべて見透かされるような気がしたから。でも、これでは認めているのと変わらない。僕はどうしたら……。

「一人で、抱え込まないで」

「……え？」

「瑞季くん一人で抱え込まないでよ。怯えたように震えてさ。そんなに思い詰めなくていいんだよ」

震えてる？　成田さんのセリフにひっかかって右手を体の前に動かす。視線を落とすと確かに震えていた。成田さんが手を伸ばし、僕の震える右手を包み込んだ。余命が見える。

怖い。成田さんだってもう少ないから。それでも、僕がさっきの女性の余命を伝えたらきっと渡すのだろう。怖い。人が死ぬのも、彼女の余命が減ることも。怖くてたまらない。

「わたしにも背負わせて」

「でも……」

彼女はもう背負っている。こんなに小さな体で、支え切れないほどの大きくて重たいものを。だから、背負わなくていいものまで背負う必要はないんだ。彼女こそ、これ以上抱え込もうとするべきではない。気づかなくていいことは、この世界にたくさんある。

「わたしの命は、わたしが好きなように使いたい」

「成田さんはそうでも、僕は……」

――ドシャ!!

言葉の途中で鈍い音が響いた。ハッとしてそちらを向けば、先ほど拾ったばかりの荷物が再び地面に散らばっていた。

倒れている女性。その隣には男性がいた。息が詰まる。今日いちばんの嫌な心音が刻みだす。

「おい！　人が落ちたぞ！」

「救急車！」

マンションの住民や近くにいた人が騒ぎ出し、ちらほら人が集まってくる。衝撃的すぎる光景に動けなくなる僕とは違い、成田さんはすでに走り出していた。それを認識して僕も無理やり足を動かす。成田さんのあとをついて、倒れている女性と男性に近づいた。

女性は予想通り、さっき話したばかりの女性だった。頭から血を流して動かない。男性は女性の上に体が半分乗り、こちらも頭から血を流して動かない。風に仰がれ届いた鼻の奥にツンとくる鉄の匂いに吐き気がした。騒ぎに気づき、ベランダから現場を覗くマンションの住民が叫び声を上げたり「うわ」「あっ」と声にならない声を出す。二人とも、もう死んでいるのだろう。でも、死なない。きっとこの二人は死なない。だってこの場には、君がいる。

「ごめんね」

僕のほうを向き口角を上げて笑顔を作る。何をしようと思ったのか、無意識に僕は彼女に向かって右手を伸ばしていた。だけど、その手は空を切るだけ。コンクリートに赤黒く広がっていくものを気に留めず、成田さんは堂々と歩いて男女二人の傍にしゃがみ込む。

「成田さんっ!」

足を一歩踏み出すけど、すでに成田さんは二人に触れて目を閉じ祈っていた。やっぱり、そこだけ切り離されたみたいに空間自体が清く澄んでいる。誰も立ち入ることを禁じられたような聖域。止めに入りたいのに止めることができない。やっと成田さんの近くまで行けた時には、女性の指がピクッと動き、男性の瞼が開かれた。成田さんに触れると、先ほどから二年減った【13.70】と浮かんでくる。

使ってしまった。

わかっていた。成田さんが自分の余命を渡すこと。だからこの二人は死なないことを、僕は知っていた。成田さんは絶対に、こうするとわかっていた。確認のため、女性と男性にも触れる。

二人とも浮かび上がった数字は【1.0】。ちゃんと彼女の余命は渡された。

「瑞季くん、行こう」

何てことないように、立ち上がりいつものトーンで言う。だけど僕はそんな気分にはならない。ムカムカとしている。彼らが死ねばいいとは思わない。生きられるなら生きてほしい。だけどやっぱり、成田さんが自分の命を削る必要はあるのだろうか。そうまでしなくてはいけないのだろうか。と思わずにはいられない。どうしてお人好しすぎる彼女に、過去の後悔で人の死に敏感な彼女に、この能力があるのだろうか。

一人ですべてを抱え込んでいるのは、紛れもなく彼女のほうじゃないか。

「っあー……」

目を開けた男性が掠れた声を出し、それに反応して彼を見た。彼は仰向けで空を見ている。

「……死ねなかった、のか」

周りは血の海で赤黒い中、彼の目からは透明なものが流れた。心臓を鷲掴みされたような気分になる。今の発言、あれは……。

「行くよ」

成田さんが僕の手首を掴んで立ち上がらせると、その手を強く引き無理やり歩かせる。頭の中では、さっきの男性の言葉がループしている。成田さんの命を削ってまで生き延びたというのに、あの男性は死ぬことを望んでいた。

——自殺をするために、飛び降りたんだ。

どうして、そんな人に……。

「……もう、誰にもあげないで」

「ん？」

「どうして渡すの？　さっきみたいなことを言われて嫌じゃないの⁉　ムカつかないの⁉」

「ムカつくに決まってるじゃん」

「じゃあ何でそんなに落ち着いてるんだよ。僕はめちゃくちゃムカつくよ！　君があげた命なのに、あんなことを言うなんて」

ムカつく。

すごいムカつくよ。ムカつくのに何で彼女は表情にも態度にも出さないんだよ。普通は落ち着いてなんていられないだろ。だって、彼女が生きるはずだった貴重な一年を望んでいない人が手に入れるだなんて。

「生きたくても生きられない人が、生きたいと強く願っている人が、この世界にどれだけいると思ってるんだ。死にたいやつは死ねばい……」

「瑞季くん‼」

感情が高ぶった僕のセリフを成田さんが止める。過激なことを言おうとした。

でもほぼ声に出したあと。たぶん、成田さんはそんなの聞きたくないんだ。でも僕は、どうしてもムカつく。命を粗末にするような人に、成田さんの生きるはずだった一年が渡ることが許せない。

「わたしの自己満だからいいんだよ。わたしが、人が死ぬのを見たくないから、見ないために渡しただけ」

成田さんは変わらず微笑んでいる。

優しく、儚く。

「死のうとすることがムカつくんだよ。自分がどれだけ嫌なことがあったとしても、周りはどうなの？　心配してる人がいるかもしれない。自殺を目撃した現場に居合わせた人は一生のトラウマが残るかもしれない。残された人がどんな想いでどう変わっていくのかわかってない。ひとつの死によって歯車が全部狂っていくんだよ。それが許せない。そのことに気づけないのがすごくムカつく」

そう言いながらも穏やかに見えるのはむしろ、心の底から怒っているからかもしれない。成田さんは、静かに怒っている。感情的にではなく、あくまで静かに、カッと熱くならないように。すごく冷たい怒りは、僕の怒りを少しだけ抑えた。そして、静かに怒る彼女の感情の入りようからして今のセリフは――自分自身に言っているような気もした。

「この世界に絶望して死のうとしたけど、わたしのせいで死ねない。呪いみたいでしょ？」

「………………」

「自殺なんて、ばかなことをしようとするからだよ。わたしの勝ちだ。頑張って一年生きろ」

彼女はいたずらに舌をべっと出す。

「ざまあみろ、ってね」

成田さんは成田さんだ。でも、僕はこんな成田さんは好きじゃない。無性にモヤモヤする。

ムカムカする。もっと感情をぶつけたらいいのに。そんなに大人ぶって落ち着かなくていいのに。成田さんはこういう時だけ、冷静だ。

「わたしは大丈夫だよ。これでいいんだ」

笑顔の成田さんを見ても、笑顔なんて返せるわけがない。成田さんの考えも理解できるはずがない。彼女が余命を渡すことができるからと言って、誰にでも渡せばいいってものじゃないと思う。自殺しようとした人に渡したって気分良くないじゃないか。巻き込まれた人だって気の毒だけど、あれが神が決めた運命だったんだよ。最初からそうなると決まっていたのだから、手を加えるべきじゃない。やっぱり、運命は受け入れるしかないんだ。そうじゃないと彼女だけが損してる。彼女だけが辛い運命を背負っている。そんな不平等な運命があっていいわけがない。

「やめなよ」

僕の言葉なんて聞いてくれやしない。

「やめないよ」

頑固な君。

「救える命は救いたい。もう決めてるから」

まっすぐな瞳。救える命は救いたい。

気持ちはわかるよ。だって、僕も同じ気持ちだ。救える命は救いたい。

君の命を救いたい。

君に生きてもらいたい。そう強く願っていると気づいたから。他の誰でもない。

僕は、成田花純に生きてほしい。

【5】

成田さんの余命はもう残り少ない。彼女に触れることが怖い。また減っているのではないかと不安に駆られる。成田さんには僕が何を言っても、たぶん他の誰が言っても、自分の意志を曲げることはない。本当に頑固な人だ。もっと成田さんを思う周りの人の気持ちも考えてくれよ。そう思っても、成田さんは変わらないんだろうな。

「話聞いてる?」

「聞いてない」

「こら!」

成田さんから鋭いツッコミの手が飛んでくる。強めに肩を叩かれて浮かんだ数字は【13．51】と見えた。あの日以来、成田さんは誰にも余命を渡していない。今日もそれが確認できてホッと胸を撫で下ろした。成田さんは時間が有限だと知っていながら、ポンポンと自分の余命を渡すから。とりあえず二週間以上、誰にも渡さないことができている。

よかった。

このままいってくれればいいんだけど。

「だからね、日野花純ってすごく合ってるよね」

授業が終わってすぐに振り返り声をかけてきたかと思えば、まったく意味のわからないことを言っている。授業中、ノートに書いていたのかその字面(じづら)まで見せてきた。

「発音も字の並びも綺麗じゃない？」

「勝手に僕の苗字とらないでよ」

「とってないよ。おそろいにしよ」

ニコッと笑う成田さんを真顔で見つめる。

「……プロポーズ？」

「ちょっと、瑞季くんってば」

「何？」

「女の子にすべて言わせないの！」

両手で顔を隠している成田さんがおかしくて、吹き出してしまった。顔を赤く染めているから、これは本気で照れている。自分で言って自分で照れるとか、余計に恥ずかしいだろ。

「成田さん」

「……何？」

まだ照れているのか指の隙間から僕を見る。その手をどけて、顔を隠すものをなくした。いつもは成田さんにやられっぱなしだから、今がチャンスだと思う。

「かわいいね」

「へっ⁉」

驚いたように声を上げた成田さんにクスッと笑う。

けど、成田さんは頬を膨らませて、いつものようにわざとらしく拗ねた。

「笑った。からかったでしょ？」

「からかってないよ」

「言うようになったじゃん」

「誰のおかげだろうね」

「キィー!!」

顔を真っ赤にしてサルのように威嚇し、僕を軽く叩いてくる。認めるのは悔しいけど、成田さんはおもしろいな。いろいろ考えて暗くなってきた思考は、成田さんによっていつも通りになった。

「あ、そうだ。ジロちゃんが映画観に行こうって言ってたね」

「あれ今日だっけ」

「うん。国民的アニメの劇場版」

「それが観たかったのか」

「毎年、映画館で観てるらしいよ」

「意外だな」

「けっこうかわいいとこあるんだよね」

それはかわいいと言うのだろうか。まぁ、いいや。映画館で映画を観るのは久しぶりだ。少し楽しみかもしれない。


「二人とも行こう～！」

放課後になるとすぐに木下さんが僕たちの席まで呼びに来る。

「ごめん、美玲。日直なのに日誌書くの忘れてたから、急いで書く」

「じゃあ手伝うよ」

「瑞季くんに手伝ってもらってるから、美玲は先にジロちゃんと向かってて」

「待つのに」

「ジロちゃん、グッズも欲しいって張り切ってたから早く行きたいだろうし」

「あー確かに。じゃあ行ってるね。花純を頼んだ」

「うん」

木下さんに返事をして、僕は教科書をペラペラとめくる。成田さんが日誌を書く担当で、僕が今日の授業範囲を伝える担当。役割分担をして急いで日誌を終わらせる。

「よっし！　十分かからず終わった！」

「感謝してよ」

「うん！　明日の瑞季くんの日直、手伝うね」

「よろしく」

約束をとりつけてから、日誌を提出するために職員室へと向かう。僕は職員室前で待ち、成田さんと一緒に学校を出て映画館までの道を歩く。

「ジローってグッズまで買うんだ」

「毎年パンフレットは必ず買ってるんだって」

「それはすごいね。本気だ」

どちらかと言えば大人よりも子ども向け。

小さい頃、ほとんどの人がそのアニメを通ったけど、高校生になってそこまで好きな人はめずらしい。一定層はまだそのアニメが好きだけど、ジローは熱量がケタ違いだ。確かに、最近の子ども向けアニメは大人でも泣けたり楽しめたりするけども。

「子ども心を忘れてないんだよ」

「ジローは子どもか」

「子どもでしょ。美玲はお姉さんみたい」

「確かに姉弟みたいだけど、ジローに言ったら怒られそうだな」

「絶対怒るよ。ジロちゃんってほんと美玲ラブだから」

僕たちにはジローの気持ちがすごく伝わっているけど、木下さん本人には伝わっていないんだよな。あそこまでアピールしても気づかないなんて、木下さんは相当鈍いと思う。たぶん、恋愛対象として思われていないんだろうな。

　不憫だな、ジロー。頑張れ。

　と心の中でエールを送る。

「あ、美玲からメッセージ来てる。『早く来て』だって」

「僕も来た。ジローから。こっちは『ゆっくり来い』だって」

「どうする？」

「じゃあ間をとって、ちょっと早歩きで」

「何それ？　どれくらい？」

「これくらい」

　僕の思うちょっと早歩きを披露する。

　振り返って成田さんを見れば、なぜか笑っている。体をくの字にして笑う成田さんは声が出ていない。笑いの最高レベルくらい笑っている。

「何で笑ってんの？」

「いや、おもしろすぎて」

「笑わせようとしてないけど」

「だからこそ、余計におもしろいんじゃん」

　成田さんに笑われるのはやっぱり僕がおもしろくない。

「じゃあ、成田さんの見せてよ」

「まず瑞季くんの真似を見てよ」

そう言った成田さんはカバンをしっかり脇に挟むように持って、頭を前に突き出して大股で歩き出す。うん。変だ。

「絶対に僕はこんなんじゃない」

「やばいでしょ？　瑞季くん、ほんとにこんなんだったから」

「違うって」

否定するのに、さっきから変な歩き方をやめない。まるで幼稚園児のいたずらだ。ジローのことを子どもだとか言っていたけど、成田さんも同じくらい子どもだよ。僕のことをからかって楽しもうとする成田さんの思い通りになんかさせたくない。そう思い、僕の真似をする成田さんの真似をして見せる。

「成田さんはこんなの」

「はい？　わたしはそこまでニワトリ歩きじゃないし」

「僕だって違うし」

「瑞季くんはけっこうニワトリだったよ」

「てか、ニワトリって何⁉」

「ニワトリはニワトリだよ」

当然のように言う成田さんは変わっている。ちょいちょい言葉選びが成田さん節を効かせてくるんだ。

「コケコケって感じ」

「ほんと意味わからない」

恥ずかしげもなく道路でコケコケ言いながら歩く成田さんに一瞬引いたものの、我慢できず笑ってしまった。それを見て満足そうに笑顔を浮かべた成田さん。やっぱり成田さんには敵わないのかもしれない。

「ねぇ、あの人やばい」

「変なの」

「タコダンスだ！」

耳に響く声が聞こえてそちらを向くと、成田さんに向かって指差ししているランドセルを背負った子どもたち。道路を挟んだ反対側にいる小学生に『やばい』って指を差されるなんて、成田さんやばいな。小学生の男女数人が成田さんを興味深そうにじっと見ている。

「タコじゃないよ。ニワトリ！」

「えぇ〜⁉　見えない」

大きな声で道路を挟んで会話をする。そこかよ、とツッコミたくなった。けどそれよりも、普通に話していることに正直驚く。成田さんは年齢問わず誰とでも距離を詰めることができるんだ。いや、小学生とは精神年齢が近いから仲良くなれるのかもしれない。

「見ててよ！」

大きな声で叫ぶと、ちょうど青になった信号を確認し、自称ニワトリ歩きで横断歩道を渡る。僕も距離をあけて成田さんについて行く。そして反対側の歩道にいた十人近くいる小学生の目の前まで来た。

「お姉さんおもしろいね」

「おれ、トラならできるよ」

「トラ？」

「こいつのトラ、すごいから」

「ガオーって？」

「グゥーグォー……グウワォ!!」

「わっ！　びっくりした!!」

「っ」

成田さんと同じタイミングで肩がビクッと上がってしまった。想像していたよりもリアルすぎて驚いた。小学生に囲まれる成田さんと、少し離れたところで見る僕。いつもの光景。

　これが普通の距離感。当然のような世界。僕たちが同じ場所にいるだけで、けっこうすごいことなんだよな。

「お兄さんもびっくりしてた」

「お兄さんは誰？　お姉さんの友達？」

「んーっとね、どうしようっかな。言っちゃおうかな」

「どうせ友達でしょー」

「違うよ。ベストフレンドだよ」

「ベェストフ、エンド？」

「惜しい。ベストフレンド」

　友達じゃん。それは普通に友達ってことじゃんか。何をもったいぶって、小学生相手に簡単な英単語使ってるんだ。一瞬しぶるから何を言うか少しヒヤッとしたけど、相変わらずだった。

「すっごく仲良しってことだよ」

「男と女で仲良しなの？」

「そうだよ。みんなも一緒に帰ってるじゃん」

「でも、これは集団下校だから仕方なく。ほんとは一緒になんて……」

女の子が言いながら見るのは、この中でいちばん背の高い男の子。

「なんだよ」

「べ、べつに何でもないし！　こっち見んな」

「はぁ？　見てねぇよ。見てたのはお前だろ」

「うっさい」

なるほど。

子どもってこんなにわかりやすいんだな。男の子と目が合い、顔を真っ赤にして焦って悪態をつく女の子。けっこう口調荒く返されているけど、この女の子は彼のことが好きなのだろう。小学生ってそういうところあるし。口が悪くても丁寧でも関係ない。むしろこういう好きな子ほど素直になれずに、つい強く言ってしまう年頃でもあるのだろう。言い合いをしながらも、男女とも嬉しそうにしている様子が五年以上前に見た光景と似ている。当時もそこまで色恋に積極的じゃなかった僕には直接関係ない話で、外から見ているだけだったけど。

「かわいいなぁ」

成田さんも気づいているのか、声に出して微笑ましく見ている。そんな彼女の横顔を僕は見ていた。誰とでも仲良くできて、常に周りは笑顔であふれている。そんな彼女と気がつけばいつも一緒にいる。僕がここまで特定の誰かといることになるなんて思わなかった。他人と距離を置くと決めてからは、余計にこんな今が訪れることなんか想像もしていなかった。

だから僕は、この今がずっと続けばいいと願っている。きっと世界中の誰よりも強く、願っているんだ……。

「お兄さん、お姉さんのことが好きなの？」

「え？」

黄色い帽子から長いふたつに結んだ髪の束が出ている、高学年であろう女の子。いきなり声をかけられ驚いてその女の子をじっと見る。

「お兄さんは、あのお姉さんのことがす……」

「ちょっと待って！」

改めて言い直す女の子の言葉を遮る。何を言っているんだ、この子は。

「違うの？」

不思議そうに首を傾げる女の子は純粋そのもので、頭から否定するのも大人げなく思った。女の子の前に行き、しゃがんで目線を合わせる。

「どうしてそう思ったの？」

「だってお兄さん、ずっとお姉さんのこと見てるもん。すっごく優しい目で見てる。パパとおんなじ」

「そっか」

「それで、そうなの？」

「んー……そうだね」

「わっ」

「内緒ね」

人差し指を口元に持っていき、わかりやすく内緒とポーズをする。こんなの本気で僕らしくないな。

子どもって怖い。子どもの前じゃ嘘がつけないんだから。純粋な瞳の前では誤魔化したり隠すことなんてできない。両手で口を隠し何度も大きく頷く女の子に思わず笑みがこぼれた。

「瑞季くん？　何話してるの？」

それに気づいた成田さんが僕に声をかけてきた。女の子に目線をやると、ばっちりと目が合う。その瞳があまりにも綺麗で透き通っていて、その綺麗さになんだか僕の心まで浄化され、綺麗になったように感じた。

「内緒だよ。ね？」

「うん」

口を押さえたまま、首が落ちるのではないかと思うほど何度も激しく頷く。そこまでして隠そうとしている女の子の頭に思わず手を置いた。かわいいな、くらいの軽い気持ちで。だけどその瞬間、心臓が止まるかと思った。

【0】

触れた瞬間に見えた数字に頭が真っ白になる。

……は？

小学生が【0】？　持病を持っている？

だとしても、今見る限りでは前兆がまったく見えない。そんなにいきなり急変するのだろうか。

急な病気で亡くなるタイミングに当たることはそうそうない。祖父以来、見たことがないから、タイミング的にめずらしいと思う。だからこそ今までの経験上、考えられることがある。この嫌な予感は当たる時の感じだ。僕は女の子の頭から手を離し、近くにいる小学生にさり気なく順番に触れていく。

……やっぱりだ。この場にいる小学生の子たちの余命が【0】や【1】ばかり。多くてもあと数日といったところ。この子たちはこれから何かに巻き込まれる。それは事故か事件かまではわからない。けど、そう考えるとみんなの余命が少ないことに説明がつく。どうすればいい？　これも今までの経験上、運命は変えられないから救えないことはわかっている。それでも、未来あるこの小学生たちをここで見殺しになんてできるわけがない。それにこのままだと……。

「成田さん、そろそろ行かないと木下さんに怒られるよ」

「あ、そうだった。ついついかわいい小学生たちと戯（たわむ）れてしまった」

本当に楽しそうに話していた。

精神年齢が近いんだろうな。むしろ、成田さんはこの子たちよりも低そうだ。

「じゃあ、わたしたちは行くね」

「えー！」

「もっと話したい」

「早く帰らないとお家の人が心配するよ」

成田さんの何気ない言葉に、心臓が鷲掴みにされた。

「んー、しょうがないなぁ」

小学生もしぶしぶ納得する。

本当に、帰らないと家の人が心配するよ。送り出したのに家に帰って来ない。そのことがきっといちばん親にとって辛いことだ。ニュースでたまに見るけど、見ているだけで胸が張り裂けそうになるほど苦しくて痛くて辛い。それが今、目の前で起ころうとしている。

「じゃあね」

「また話してね！」

「もちろん！　話そうね！」

「お兄さんも」

「うん」

「またね」

手を振ってお互いの目的地へと歩き出す。成田さんは小学生と話せたことがよっぽど嬉しかったのか、ずっとニヤニヤと笑みを隠しきれていない。

「すごくかわいかったな。小学生ってパワフルだよね」

「成田さんも変わらないけど」

「若いってこと？」

「好きにとってくれたらいいよ」

「出たそれ。瑞季くんはいっつもそうだよね」

「悪い？」

「悪くない！　けど、たまには瑞季くんの本心も聞きたいとは思う」

本心なんて出せない。

だって僕には、そこまで強く思うことがない。譲れないこともない。ただ、あるとしても成田さんは、聞いてくれない本心になる。君が僕の本心を聞いて考え直し、変わってくれるというのなら、いくらでも話すんだけどね。でも、きっとそれは無理なんだろう。だから、はっきりとは言わない。

「……あ、忘れ物した」

「え？」

「財布、机の中に入れたんだった」

「貸すよ？」

「成田さんに借りを作りたくないし、さすがに財布を学校に置きっぱなしにするのは怖いから戻るよ」

「じゃあわたしも行くよ」

「一人で大丈夫だから、先に行ってて」

「ちょっ……」

成田さんの声を背に、僕は来た道を走って戻る。神が決めた運命だ。変えることなんてできない。でも、成田さんは変えることができる。変えられないと思っていたことを変えたんだ。僕だって、できるなら変えたい。成田さんの力を借りず、彼女の余命を削らず、僕一人の力で変えたい。走っていくと小学生の集団の後ろ姿が目に入る。

よかった。まだ大丈夫だ。僕に何ができるかはわからない。それでもまた、変えたいと強く思った。成田さんの、自分を犠牲にしてまで運命を変えようと強く持った意志に宿る熱が移ったのかもしれない。

僕だけが知っている。今を笑顔で生きているこの子たちの運命を。最悪な運命なんか変えてしまえ。そのために僕は余命が見えるんだ。

そう信じたい。そう、証明したい。走っていき、小学生の集団まであと数十メートル。この子たちが家に帰るまで見届けよう。

みんな余命が今日か明日か明後日か。きっと今から起こる事故か事件で命を落とすことになる。今日を何とか越せても重症だから、日付けが変わったあとに完全に息を引き取ることになるんだろう。そんな予想がつく。だから、このみんなが一緒にさえいなければ、死ぬことにはならないはず。事故か事件を避ければいいんだ。

僕が守ればいいんだ。走り続けてあと十数メートル。

息もだんだん上がってきて苦しい。でも、守るためには傍にいたほうが確実だ。あと少し。もう少しだ。

――ブウォォゴゴゴゴ〜〜

その時、すごい音を立てながら大型トラックが後方からやって来る。通学路であり下校時間である今は、トラック等の大型車は通り抜けを禁止されているはずなのに。……あ、そういうことか。

ハッとして、すでに限界の足に命令してスピードを上げる。動け、僕の足。肺がつぶれても僕が何とかしないと。でなきゃ、成田さんが……。

「走って‼」

今まで出したことがないくらいに大きな声を出す。

僕の声に反応した子どもたちが振り返る。

「あ、さっきのお兄さんだ！」

「おーい！」

気づいた子たちが手を振っているけど、それどころではない。とりあえずみんなバラバラにするか。いや、余命が一日ずつ違う子もいる。とりあえずトラックから逃げないといけない。

僕の直感が危険信号を出している。

「走って‼　そのまますぐ右に曲がって‼」

「えっ？」

「どうしたの？」

のんきに聞き返して僕のほうへ走ってくる子ども数人。だけど、後ろにいた子たちは異変に気づいたのか顔色が変わる。

「何あれ？」

「こっち来る？」

言っているだけで走らない。

トラックはすごいスピードで走っており、子どもたちまであと数十メートル。

少しでも遠くへ逃げないと。

「走れ!!　動け!!　早く!!」

もう息が苦しい。

それでも叫び続ける。丁寧な言葉でなんて言えず、必死に命令口調でも伝えた。僕の言葉が聞こえたのか、子どもたちは悲鳴にも似た声を上げながら走りだした。それに少しホッとしたけど、安心できるわけではない。

子どもたちがどんどん前に向かって走る中、足が遅いらしく距離ができてしまった女の子が勢いよく転ぶ。火事場の馬鹿力、なんて言うけれど本当にあるらしい。転んだ女の子をすぐに抱えて再び走る。必死に走って曲がり角を右へ曲った。その瞬間、後ろのほうでテレビでしか聞いたことがない、アニメやドラマかと思うようなクラッシュ音が響く。

振り返ると大型トラックが閉ざされたシャッターにぶつかり止まっているのが見えた。ほんの数秒前に走り抜けた場所。気づかずに歩いていたらきっと、小学生の子たちがあの衝突に巻き込まれていたであろう。あそこはすでに閉店しているから、お客さんもいない。見たところの被害は大きいけど、人に対する被害はないだろう。よかった。

抱えている女の子を下ろす。

「こ、怖か……ふぇぇぇん」

子どもらしく泣き出す女の子を落ち着かせるために頭を撫でる。

【0】

……まだだ。

油断はできない。変えるためにはすべてから守らなければいけない。まだ、何かが起こる可能性がある。ここにいる小学生の子たちの余命が増えるまで、絶対に気は抜けない。余命が変わった場面を見るまで、もう大丈夫だろうと安心はしない。確実に助ける。そのためにはどうすればいい？

「びっくりした」

「怖かった」

「心臓止まるかと思った」

呼吸を整えている小学生の子どもたち。

ここでみんなをバラけさせたらいいのかな。こんな田舎の町で、一日に複数の事故や事件が起こるなんて考えにくい。みんながバラバラに別れれば……。

「おい……動き出したぞ……！」

「早く警察を呼べ‼」

後方で声が聞こえる。

この騒ぎに野次馬が集まってきていた。他の人は？

この小学生の子たちの余命は知っているけど、他の人は知らない。もしかしたら被害が大きいかもしれない。

余命が【0】の人はこの子たちだけではないのかもしれない。頭が真っ白になる。

僕はどうすれば……。

「瑞季くん‼」

「え……成田、さん……？」

思考がショート寸前の時、まっすぐな声が僕の名を呼んだ。顔を上げると、前髪が思いきり上がっても気にせず全力疾走をしている成田さんがこちらに向かっていた。

足が速い彼女はすぐに僕の目の前まで来て、あたりを見回す。

「どうなってるの？」

「事故、かな。成田さんはどうして」

「瑞季くんのことが気になって、やっぱり追いかけようと思ったの」

呼吸を整える成田さんの周りに小学生が集まってきた。

「お姉さんだ」

「さっきの見た？」

「超びっくりしたよな」

成田さんはその子たちを軽く受け流す。めずらしい行動だけど、今はそれどころではないと気づいているからだろう。

「瑞季くんは、誰を見たの？」

後方でエンジン音が聞こえる。だけど、ここで成田さんに言うのは躊躇われた。言ったら成田さんは、残り少ない命を渡すだろ？　小学生だけでも多いのに野次馬も増えてきているせいで、どれだけの人が今日死ぬ運命なのかわからない。想像するだけでも恐ろしい。

「そんなことより早くここから逃げないと」

僕は小学生を逃がすことに決めた。野次馬をしている人の中にも【0】の人がいるかもしれない。でも、違うかもしれない。そこに気をとられるよりは、確実にわかっているこの子たちを助けるべきだろう。

「早く行くよ！　成田さんはそっちの子をよろしく」

僕は転んだ女の子を再び抱える。その時、勢いよくバックしてトラックが再び大きな音を立てて建物にぶつかった。クラッシュ音にも負けないくらいの悲鳴が上がり、振り返ってトラックを見ると、方向転換をしてこちらに正面が向いている。

狙ってるのか？

そう思った瞬間、いっきに加速した。やばい！

「逃げて‼」

トラックにぶつかるよりは、と抱えていた女の子を下ろして路地のほうに突き飛ばす。思いきり転んでしまったけど、それでも今は加減をしてあげる余裕も、心配して駆け寄る時間もなかった。トラックが小学生の子たちに向かって、一直線に迫ってくる。僕が怖がっている場合ではない。できるだけ子どもたちをトラックが通れないところに誘導する。

「成田さんはそっちに」

「わかった！」

子どもたちを半分にして、少しずつ分断していく。その間もトラックは建物や車にぶつかることをおかまいなしに小学生を追う。

どうしてそこまで執着(しゅうちゃく)しているのか、という疑問を持つも、今は逃げることが最優先。隙を見て子どもを逃げさせる。まっすぐ逃げるよりも曲がり角や路地を使ったほうが効果的だ。酸素が足りなくて苦しいけど、少しの酸素も脳に送り無理やりに思考を止めない。絶対に、助ける。

──ガシャーン!!

今まででいちばん大きい耳障りな音が響く。その音に反応してすぐに振り返ると、横転したトラックが目に入った。

……助かった？

さすがに倒れていたらもう追いかけてくることはないだろう。ここでやっと足を止めて、無意識に肩を激しく上下して行っていた呼吸を整える。酸素を求めて過呼吸になりそうなところを、意識的にゆっくりと呼吸することで防いだ。

「はぁ、はぁ……もう、大丈夫か？」

「瑞季くん……はぁー、そっちは？」

「みんな無事」

「よかったぁ……」

成田さんも呼吸を整えながら、安心したように空を仰いだ。こんなに必死になって逃げて、運命を変えようとしているというのに、空は透き通るような爽やかな青。地上の異常事態なんか関係ないとでも言うかのように、どこまでも続く澄み渡る青は変わらない。

呼吸も整ってきた時だった。

「キャアアアァ！」

キーンと耳をつんざくような悲鳴が聞こえる。まだ、なのか。

　これでもだめなのか。悲鳴が聞こえたほうを見ると、つなぎを着た血だらけの男性がナイフを持って立っていた。そして、その男性の前には倒れている一人の女性。

　女性の腹部からは赤いものがじわじわと広がっていく。ゾッとした。

　足がすくんだ。一生のうちに一度でも、実際にこんな現場に遭うことはないと思っていた。ドラマや映画だけの世界だと、自分には縁がなく関係ないことだと、今まで考えたこともなかった。こんな場面に遭う想像は一度だってしたことがない。

「ヒュッ」

　すぐ傍で、息を吸う音が聞こえ視線を向ける。

「パ、パパ……？」

「えっ……」

　目を見開いてまっすぐに血だらけの男性を見つめる小学生の男の子に、驚きを隠せない。今、確かに『パパ』と言った。じゃあ、あの大型トラックを運転していたのはこの子のお父さんなのか。ならどうして狙うんだ？

　心臓が嫌な音を立て始める。整えたばかりなのに再び荒くなっていく呼吸を、どうにか落ち着かせるためにゆっくりと繰り返し深呼吸をする。

「……見つけた」

男性が男の子を見た。

ドキッとした。

「こっち」

「待って。でもパパが……」

「気持ちはわかるけど、落ち着いてから話したほうがいい」

「やだ。パパがっ……」

「……お前さえいなければ」

フラフラした足取りだった男性は何かを呟いてから、焦点が合わなかった目を合わせる。やっとパトカーや救急車のサイレンの音が聞こえてきた。あと少し。

男の子の肩に手を置いてもまだ【0】のまま。ここを乗り切れば、変わるかもしれない。ここで変えるしかない。意志を固め、泣き出す男の子を抱える。

「そいつは俺の息子だ。下ろせ」

「無理です」

「家族の問題に入ってくんな」

「もう十分みんなを巻き込んでいる」

「ふざけんな！　そいつがいなければ全部解決するんだ」

もうすでに自分も血だらけでボロボロだというのに、ナイフの先端を男の子に狙いを定め、走って距離を詰めてきた。男の子は実の父親に向けられた殺意に、震えている。早く警察来てくれよ。

この場を収めてくれよ。誰か……じゃない。僕が助けるんだろ。あの男性、この子のお父さんを止めればいいんだ。

誰かに頼って救ってもらうことも、もう無理だと諦めることもやめる。僕が助けると決めた。絶対に、この運命を変えると決めた。誰かではない。僕自身が。

「成田さん、お願い。その子を連れてできるだけ遠くへ」

「瑞季くんは⁉」

「僕は大丈夫」

「でも……」

「早く‼」

「う、うん」

成田さんは震える男の子を抱きかかえて走った。僕はその場に残り、男性を迎え撃つ。自分の余命は見えない。

僕は今日ここで、死ぬ運命なのかもしれない。もしそうだとしても、小学生の子たちが生きることができたならば僕の勝ちだ。

「どけ」

「どかない！」

血のついたナイフが日の光に反射してキラッと光る。

痛いのは怖いけど、それ以上に怖いものがある。

「そこの男性、止まりなさい！」

「君も逃げて！」

やっと到着したパトカーが男性の数メートル後ろに来る。だけど、男性も足を止めない。

僕も逃げない。パトカーと男性の距離より、僕と男性の距離のほうが近い。すべてがスローモーションに見える。恐怖なんてもう感じないほどハイになって、僕はカバンを大きく振りかぶった。一発勝負だ。そのまま、目の前に来たナイフを僕に向ける男性に向かってフルスイング。

「ぐぉっ……」

元々すでに大怪我をしていたこともあり、カバンは容易に命中して男性が鈍い声を出してその場に倒れた。

「はぁはぁ……」

緊張の一瞬だった。整えたはずの息もすぐに上がり、力がいっきに抜けて膝から崩れ落ちる。俯く僕の前をパトカーから降りてきた警官が通り過ぎ、倒れている男性を押さえた。

「とりあえず病院に運べ。他にも被害は大きい」

「重傷者多数です」

「手分けして市民の安全確認を」

何台かのパトカー、白バイも到着して、あれよあれよと事が進んでいく。怪我のない野次馬はこの場を追いやられ、怪我人の対応や状況確認が行われる。

「君も、無理しすぎだよ。ほんとは逃げてほしいし、褒められたことじゃないけど、よく果敢に立ち向かったね」

警官が僕の肩にぽんと手を置く。もう疲れていて、彼の余命とかそんなの気にしなかった。

それよりも気になるのは……。

「お兄さん！」

さっき、僕が路地に向かって突き飛ばした女の子が前から来る。手当てをしてもらったのか、足には大きなガーゼが貼られていた。腕にも痛々しく擦り傷がいくつもできている。

「ごめ……」

「お兄さん、とってもかっこよかったよ」

「え？」

「助けてくれてありがとう」

「っ……」

傷だらけでお礼を言ってくれる女の子を見て、鼻の奥がツンとして思わず涙腺が緩む。すぐにでもこぼれそうなものを、下唇を噛みしめてぐっとこらえた。

「お兄さんもどこか痛いの？」

女の子が僕の頬に触れる。

ついに我慢ができなくなり、温かいものがあふれた。

「うっ……ふ、う……」

「お兄さん？」

不思議そうにする女の子だけど、僕はこれを止められない。あふれてくるものを止める方法は知らない。僕に触れる女の子の手をとり、両手で包み込む。

「本当によかった……」

嗚咽をこらえ呟く。

【70．1】

触れている女の子の数字が【0】から変わっている。変えることなんてできないと思っていた。成田さんに余命を渡してもらう以外で、変えることができた。この子はあと七十年も生きられる。神が決めた運命を、僕が変えたんだ。

「お兄さん！」

「大丈夫だった？」

小学生の子たちが駆け寄ってくる。

みんな擦り傷程度はありつつも、軽やかに走って顔も明るい。

「僕は大丈夫。みんなは？」

「大丈夫！」

「俺すげー速かっただろ？」

「映画みたいだったな」

「怖かったよ……」

「ヒーローは必ず勝つんだよ」

「逃げきれてよかった」

僕の問いに対し、いっせいにいろんな反応を示す。きっと事の重大さに気づいていない。でも、それでいい。

この子たちの未来が繋がっただけで十分だ。怖いことは知らなくていい。僕の周りに来た子たちに順番に触れていく。

「頑張ったね」と、先ほど僕がされたみたいにこの子たちの頭を撫でる。全員【0】

や【1】など残りわずかではなく、何十年もの余命があった。やっと心の底から安心することができた。変えられた。その事実が嬉しくて胸が高鳴る。

体の痛みも疲れも吹っ飛ぶくらい、興奮していた。この大騒動に小学校の先生が駆けつけ、小学生の子たちは保護される。小学生の子たちと手を振り別れてから、僕はまだ姿が見えない成田さんを探す。成田さんには大型トラックの運転をしていた男性の子どもを預けた。どうなったのだろうか。ここで食い止めたから助かったとは思うけど。

キョロキョロとあたりを見回す。

「瑞季くん！」

雑音が多い中、彼女の声だけを鮮明に聞き分けることができた。すぐに声の聞こえたほうを向く。

「成田さん、あの子は？」

「お母さんが迎えに来たよ。あの子の両親、離婚裁判中でもめてたみたい」

「そうなんだ」

だとしても、こんな大きな事件を起こすなんて、どれだけ泥沼になっているんだ。子どもを巻き込んで……。正直、家族のことは家庭内で収めてほしい。

くわしい事情は知らないけど、お父さんのほうは正常な判断ができなくなるほど追い詰められていた。嫌なことも苦しいこともたくさんあったんだろう。だからといって、関係ない人たちを巻き込むのはどうかしている。どんな理由があるにしても間違っている。自分の子どもを殺そうとするなんて。誰かの命を奪おうとするなんて。絶対に間違っていて、絶対に許されない。

「心配してそうだから言うけど、お母さんは大丈夫そうだったよ。すごく焦って子どもの名前を叫んで、見つけると泣きながら抱き締めてた」

「そっか」

「お母さんにたくさんの愛情をもらってるよ」

「うん」

実の父親に殺意を向けられた子どもは、これからどう育っていくのだろうか。トラウマとなってずっと苦しむのは嫌だな。愛情が欠けてしまい、まっすぐに生きていけなくなるのは悲しい。

そう思ったけど、成田さんの言葉を聞いて少しだけ安心した。これからも子どもは元気よく、明るい未来に向かっていってほしい。

「瑞季くんは大丈夫だったの？」

「何とか」

「まぁ、見てたけどね。カバンで思いきり殴るところ」

「その通りだけど、改めて言葉にされるとやばいね」

「びっくりした。今回のこと全部。瑞季くん、すごく頑張ってた」

成田さんがニコッと笑顔を浮かべる。

すごく嬉しそうにしてくれる成田さんに、僕も口角を上げた。

「変わった？」

「うん。小学生の子たち、みんな変わってた」

「やっぱりあの子たちだったんだ。よかったね」

「ほんとに」

「瑞季くんの力はすごいよ。変えられたじゃん」

「あそこまで苦労してやっと、だけどね」

「でも、すごいよ。本当にすごいよ」

何度も褒めてくれる成田さんに悪い気はしない。今回は僕らしくなかったけど、あがいてみた。やるしかなかった。その結果、変えることができたんだ。今の僕は達成感に満ちている。

「結局、成田さんにも協力してもらったけどね」

「ハラハラしたよ。でも、瑞季くんが頑張ってたからわたしも死ぬ気で頑張った」

「僕も死ぬかと思った」

「生きててよかった」

本当にその通りだ。

心からそう思う。あんな状況、死んでもおかしくなかった。みんな、生きててよかった。救えてよかった。未来が奪われなくてよかった。

「瑞季くんの必死にみんなを守ろうとする姿を見て感動したよ」

「それは……成田さんの熱が移ったのかもね」

「え？」

ボソボソと小声で言ったセリフは聞こえなかったみたいで、サイドの髪を耳にかけてもう一度、とアピールする。けど、もう一度は言わない。

一度しか言わない。だって、成田さんがニヤニヤするのが目に見えている。

そして深く聞き出そうとすることも。成田さんと一緒にいるようになって、彼女の熱に浮かされた。いつもなら諦めていたはずが、運命に抗おうと必死になってあがいた。成田さんの余命を減らすことが嫌だったから、使わせないために運命を変えようとした。全部、成田さんの影響で、僕が成田さんを守りたかったから。こんなこと、絶対に本人には言いたくない。調子に乗りそうだから、ずっと黙っておくよ。

「お互いに、お疲れさま」

「お疲れさま。じゃあ、美玲たち待ってるし……」

「あ、君たち。ちょっと話いいかい」

成田さんの言葉を遮り、警官がやって来る。

事情聴取ってやつだろう。

「はい」

「今日は美玲たちと合流できないね。連絡だけ入れておこう」

成田さんは長くなると思ったのか、スマホを素早く操作してメッセージを送ってからポケットに入れた。それから二人で警官と今回の件について話をした。

質問されたことについて答えるくらいだったけど、思いのほか時間がかかった。そして、無理をしたことを再び注意された。

でもそのあとに、子どもたちを守ろうとした勇気を褒めてくれた。たくさん話をして、いちおう学校にも連絡することを伝えられ、事情聴取は終わる。

「はぁ、いっきに疲れた」

「わたしも」

「現実とは思えない出来事だった」

「すでに夢のようだよね」

成田さんと並んで歩く帰り道。

いつからか当たり前のように、成田さんの隣を歩き彼女を家まで送るようになっていた。言葉や約束もなく、自然と。それが日常へと変わっていっている。

「ゆっくり休んでね」

「成田さんも」

「じゃあね」

「うん。また明日」

僕の言葉にニコッと微笑む成田さん。

機嫌がいいのかずっとニコニコしている。あれだけのことをしたのだから、成田さんもヒーローみたいな気持ちでいるのかもしれない。僕もまるで少年漫画の主人公にでもなれたかのような気分だ。

僕は運命を変えることができて初めて、余命が見えるこの能力を少しだけいいものと思えた。

【6】

次の日、学校へ行くとすぐに校長室に呼ばれた。校長先生と担任と学年主任がそこにいて、僕は事件のことを聞かれた。昨日の警官と同じように無理したことは十分に注意をされたけど、これまた同じように小学生を守るための勇気ある行動は認めてくれた。それでも、僕はまだ高校生で守られる立場にあることも丁寧に説明される。反論するようなことでもないため、しっかりと頷いて話を聞く。今回の行動がいいことでもあり、悪いことでもあった。だけど勇気ある行動で小学生を救ったからと、一週間後の全校集会で感謝状なるものを渡され表彰された。今まで誰とも深く関わらず、目立たないようにしてきた僕が、こうして全校生徒の注目を浴びることになるなんて誰が想像できただろう。ほんと、成田さんと関わるようになってから、僕の世界がいっきに変わった。

「よ、ヒーロー」

「本日もパトロールお疲れっす」

それ以来、廊下を歩くだけで声をかけられる。

いじられてるんだろうな。でも、そこは培ってきたスルースキルで乗り切る。

「お勤めご苦労さまです」

教室に入ると敬礼をする男子三人組は完全にいじっている。

佐藤(さとう)と吉田(よしだ)と川上(かわかみ)。体育でペアを組んでから話すようになり名前も覚えた。今ではこのクラスでいちばん話す男友達となった。他クラスも合わせれば、もちろんジローだけど。とにかく、今年度になって僕の周りの環境は変わり始めていたが、あの一件でより大きく変わった。今までは他人と関わりたくなかったけど、僕の気持ちも少し変化した。運命を変えられたことで、この能力を以前より肯定的にとらえるようになった。確かに精神的にも身体的にもすごい労力を費やした。

だけど、そこまですれば変わる。

ただ諦めて流れに身を任せ運命に従うよりかは、どれだけ困難でも茨の道でも、必死にあらがって変えられるほうがいい。これは僕にとって希望だ。成田さんと出会わなければ気づけなかった。成田さんと関わらなければ、一生自分の能力を肯定することはなかった。

そんな僕の気持ちを変えるきっかけとなった成田さんは、最近少しおかしい。僕と距離ができた気がする。距離感のおかしい成田さんと距離ができるなんて、今までなかった。昼休みも放課後も変わらないメンバーで過ごしている。だけど、成田さんは最近、貼り付けたようなニコニコ笑顔しかしない。それはいつからだっけ？　気になって尋ねたことはあったけど、軽く受け流されてしまった。彼女は僕の質問に対して流したり茶化したりすることは多々ある。でも、さすがにそろそろ誤魔化されたりしない。

ちゃんと僕の納得できる答えを聞くまで、しつこくしよう。そう決めて、休み時間に入った瞬間に声をかける。

「成田さん」

振り返った成田さんと視線が交わる。

「どうしたの？」

「あのさ……」

「瑞季、日曜部活休みなんだけど一緒に遊ばね？」

成田さんに声をかけたところで、佐藤からの誘いがくる。

タイミングが悪い。

「わかった」

「よっしゃ。じゃあ、また前日に場所と時間送るわ」

「うん」

今は約束よりも成田さん優先だから、申し訳ないけどその場をすぐに終わらせる。

佐藤に視線だけ向けて返事をしてから、すぐに成田さんへと視線を戻した。

「瑞季くん、みんなと打ち解けたね」

僕が話す前に成田さんが話し出す。

今もニコニコと作ったような笑顔を浮かべている。

「やっぱり瑞季くんはみんなの輪の中心にいるタイプだったね。わたしの言った通りでしょ」

どうしてだろうか。成田さんのこの笑顔を見ていると、理由もなく胸が締め付けられる。いつか見た笑顔に似ているけど、それはいつだった？どんな時に、こんな笑顔をしていたんだっけ。そういえば……。ふとあることに気づき、成田さんに手を伸ばす。

「何、急に⁉」

「あ、いや、肩に糸くずがついてたから」

「ほんとに？　どこだろう」

僕が伸ばした手に過剰に反応して、避けるように身を引いた。そして肩を自分でパパッと払っている。やっぱりおかしい。

成田さんは基本的にボディタッチが多い。それは成田さんと関わるようになってからずっとそうだった。だから、初めに成田さんの余命が減っていることに気づいた時には、僕からは触れずに確認できた。それなのに今は、僕が触れることを拒んだように見えた。

「……成田さん」

嫌な予感が止まらない。僕は浮かれていて意識していなかったけど、ここ最近成田さんに触れていない気がする。いや、気がするじゃない。触れていない。どうして今まで気づかなかったんだ。成田さんの貼り付けたような笑顔に違和感を覚えていたのに。彼女は本心を隠す時にいつもより笑う。明るい笑顔に本心や辛い気持ち、悲しい想いをすべて隠して一人で抱え込む。僕はすでに知っているじゃないか。距離ができたのは、僕に話しかける人が増えたからではなく、成田さんが距離を置いていたからだ。以前の僕だってやっていたことじゃないか。心臓がうるさく脈打つ。

「今日は僕と二人で帰ろう」

いつもジローと木下さんも一緒だった。だけど、その時も成田さんは木下さんの傍にいて僕に近づかなかった。成田さんがそうする理由なんて、ひとつしかない。

「……わかった」

返事をした成田さんの笑顔は引きつっていて、笑顔を作りきれていなかった。成田さんは昼休み以外の休みは僕から離れた。その代わりに佐藤、吉田、川上のサッカー部三人組が僕の席に来てわいわい騒ぐ。だけど思考のすべてを成田さんに支配されて、何の話をしていたのかは三人には悪いけど覚えていない。

「花純、日野。行こう」

放課後になり木下さんが僕たちに声をかけながらやって来る。成田さんが木下さんを見て口を開こうとするけど、それより先に僕が言葉を声にのせた。

「ごめん、木下さん。今日は成田さんと二人で帰らせて」

「はぇ？」

僕の突然のセリフに木下さんは変な声を出して、間抜け面になった。

「木下さんはジローと二人でね」

「……何で⁉　ジローと二人の時間いらないから。あたしはいつも通りで……」

「じゃあ、また明日。行こう、成田さん」

ジローはやっぱり不憫だな。

と可哀想に思いつつ、そこを深掘りすることはしない。

「あ、うん。美玲ごめんね」

カバンを持って歩き出す僕と、木下さんに謝ってから僕の後ろをついてくる成田さん。ついてきてくれたことに、内心少しホッとした。僕と距離を置こうとしているから、あのまま木下さんと話し込む可能性だってあった。安堵して息を吐く。そして、クラスメイトと「また」なんて言葉を交わしながら教室を出る。そのまま昇降口へ行き靴を履き替えるとすぐに歩き出す。成田さんは何も言わずについてきてくれた。これまでの彼女なら「待ってよ」とか言いながら突進でもしてきそうなものだけど、今はしてこない。僕と競うこともなければ、駆け引きを持ちかけたりもしない。

どんどん嫌な予感が当たる気がしてくる。

今までもこの嫌な予感は当たっていた。でも、今僕に浮かんでいる予感は本当に最悪なもので、絶対に外れてほしいもの。

いつも歩いていた並木道は葉の色を緑から赤や黄色に変えたあと、道路に広がるように落ちて、絨毯を作っている。いつのまにかブレザーにカッターシャツだけでは肌寒く、セーターも着て防寒する季節。コンビニの窓にはクリスマスケーキの予約の広告が貼られている。あの事件からずいぶん時間が経った。こんなに時が流れていた。それなのに、僕は何ひとつ気づくことができなかった。歩いている間もたくさん考えた。

考えれば考えるほど、そうとしか思えなくなってくるから、早く成田さんに笑い飛ばしてもらいたい。『心配しすぎだよ』ってケタケタ笑って僕をからかってほしい。

成田さんと縦に並んで、何も話さずに歩く。着いたところは成田さんと秘密を共有した場所。

ここでの過ごし方を僕は成田さんに教えてもらった。

「青春、しようよ」

なんてらしくない僕のセリフに、成田さんは俯き加減だった顔を上げた。大きな瞳は潤んでいて、今にもこぼれ落ちそう。僕が階段に腰を下ろすと、少し距離をあけて隣に座る。そのことが何を意味しているのか、もうわかっている。風が僕たちの間を吹き抜けていくけど、重苦しい空気は残ったまま。

「……触っていい？」

長い沈黙のあと、ぽつりと呟くように発した声は情けないほど弱々しい。いつもの成田さんなら『変態』とかなんとか言って茶化して、思いきり笑い飛ばしてくれそうなものだけど、彼女は下唇をぐっと噛んで何かを堪えていた。けっこうわかりやすい彼女に、心臓を鷲掴みされたかのように苦しくなる。彼女に触れることが、すごく怖い。学校の廊下ですれ違いざまにぶつかるより、満員電車でぎゅうぎゅうになっているんな人に触れるより、フォークダンスで順番に女子の手を握ることよりも。

成田花純に触れることが、何よりもいちばん怖い。

何も言わない彼女にゆっくり手を伸ばす。心臓は破裂しそうなくらいうるさくて、自分の心音しか聞こえない。手は過去いちばん震えていた。避けようとしない彼女は覚悟を決めたかのように瞼を閉じた。それと同時に、一粒の雫が彼女のスカートに染みを作る。

「っ、んで……」

声が詰まった。瞬きも忘れ、彼女の横顔を見つめる。


【1.14】

余命があと一年と十四日しかなかった。成田さんに最後に触れたのはいつだっけ？　あの事件の日は確か十三年だったはず。それがあと、一年だなんて……。瞬きを忘れた瞳が、鼻の奥がツンとすると同時に歪んでいく。

「い、いつ？」

「………」

「誰に……？」

「………」

成田さんは僕の質問にはいっさい答えない。どうしてこうなった。

成田さんの十二年はどこにいったんだよ。

「ねぇ、成田さん。答えてよ」

彼女の両肩に手を置き、顔を僕に向けさせる。だけど、俯いて顔を見せてはくれない。どんな表情をしているのかわからない。わからないけど、俯き垂れた髪の隙間から雫（しずく）がポタポタと落ちていくのが見えた。スカートはどんどん色が濃くなって、それはゆっくりと広がっていく。

「何で……っ」

そこで思い出した。僕が最後に触れたのは、やっぱりあの事件の日。

その日以来、成田さんは僕に触れないようにしていた。……そういうことか。

浮かれてヒーロー気分になっていた自分に、心底嫌気が差す。何が成田さんを守るため、だ。変わってないじゃないか。

変えられなかったんじゃないか。

「大型トラックが突っ込んできたあの事件の日、死人が出たんだね」

成田さんは俯いたままだけど、少し肩に力が入ったのがわかった。

それを肯定と受け取る。大型トラックがあれだけ建物や車にぶつかったあとに横転して、男性がナイフを持って暴れたりしていたんだ。警官も言っていた。『被害が大きい』『重傷者多数です』と。どうして今まで気づけなかったんだ。僕はあの時、感じていたじゃないか。周りにももしかしたら【0】の人がいるかもしれないって。それでも、見たわけではないから、確実に見てしまった小学生を助けようとしたんだろ。結果がこれかよ。

「……変えられてなかったんじゃないか」

成田さんの肩に置いた手に力が入る。胸が張り裂けそうなほどに痛くて苦しい。歪んでいた視界は瞬きをすると同時に、瞳からあふれて少しクリアになるけど、すぐにまた歪んでいく。一度あふれたものは止まらず、ぼたぼたと落ちていった。

「……ううん、瑞季くんは変えたんだよ」

「変わってない……これが、証拠じゃないか……」

「小学生の子は、守られたんだよ」

「でも、その代わりに違う人が犠牲になったんだ。運命を変えても、違う人にその運命が行ってしまったら意味がない。やっぱり神が決めた運命には、抗っても無駄だったんだ。

「うっ……ぅ……」

「それでも、瑞季くんは変えることができたんだよ」

成田さんが僕の頭に手を伸ばし、優しく撫でてくれる。結局は成田さんに助けられていた。成田さんが気づかれないように、余命を見られないようにしていたのは、僕のせいだ。僕が運命を変えたと思って喜んでいたから。だから成田さんの優しさで、そのしわ寄せで別の人が【0】になったことを教えないため隠していた。僕は、いちばん守りたかったものを守ることができていなかったんだ。

「くっ……う……っ」

「泣かないでよ。瑞季くんはすごいんだから……ふ、ぅ……」

僕を慰めていた成田さんも言葉を詰まらせる。苦しくて、胸が痛くて、涙があふれて、息ができない。

やっぱり運命に抗うべきではなかったんだ。変えることなんてできないと知っていたのに、できる気になってしまった。そのせいで成田さんは……。

「……僕のせいだ。何をしても意味ないのに……」

「ばか！」

「……え」

僕の呟きに大きな声でそう言うと、濡れた頬を両手で挟んで無理やり顔を上げさせられた。大粒の雫をこぼす彼女が歪んだ視界に映る。

「瑞季くんはすごいの。本当にすごい人なの。瑞季くんのせいなんかじゃない。だから意味ないなんて言わないでよ……」

だんだんと弱々しくなり、嗚咽をもらす彼女。自分だってここまで一人で抱えて苦しかったくせに、僕を慰めようとする。……情けない。ヒーロー気取りで浮かれていた自分が情けない。守った気でいた自分にムカつく。

どうして僕はこんなに無力なのだろうか。悔しくてたまらない。守りたい人を守れない。

それから僕は恥ずかしいくらいにたくさん泣いた。成田さんも一緒に泣いた。泣いたってどうにもならないことはわかっている。自分の無力さを思い知った。

立ちはだかる残酷な運命に絶望した。

変えられないことへの怒り、苦しみ、悲しみ。行き場のない大きな気持ちが湧き上がる。こんなにも残酷で不平等で強すぎる世界だけど、それでも抗おうとする意志を強く固める。もう諦めるなんてことはしない。どれだけ打ちのめされたとしても、絶対に変えたいものがある。守りたいものがあるから。でも今は、すべてのやり場のない感情を涙に変えて、泣いて気持ちを吐き出し落ち着かせようとした。それ以外の方法は知らなかった。

「瑞季くん」

涙が枯れるほど泣いたあと、成田さんが僕の名を口にする。成田さんに名前を呼ばれるのは嫌いじゃない。僕はこの声を、どんなに騒がしい場所でも聞き取れる自信がある。

「何?」

「わたし、瑞季くんと距離をとってたじゃん? あれ、瑞季くんのためって思ってるかもしれないけど、違うんだ」

「え?」

僕をまっすぐに見つめる成田さんはもう作り笑いなんてしていない。透き通るくらい強く綺麗な瞳は僕をしっかり捉える。

「なんかね、今さら怖くなってきちゃったの」

「………」

「わたしの命を渡して、誰かを助けられるならそれでいいやって思ってた。でもいざその時が近づくと怖くなった」

「……わかるの？」

成田さんは自分の余命はわからないはず。僕だけが知っているんだ。

僕しか知らないんだ。

「何となく、もうないってことはわかるよ」

否定できない。

だって成田さんの余命はもうないに等しい。高校は卒業できないと決まっている。余命を見るのが怖いのに、成田さんに触れたくて彼女の手を握る。

「もう、誰にもあげないで。何があっても、どんなことがあっても、絶対に」

余命を渡すことのできる成田さん。

死んだ人に再び生を与えることのできる成田さん。だけど、彼女が死ぬ時は誰も助けられない。

救うことができない。そんなひどいことがあるだろうか。今までたくさんの人の未来を繋いできた彼女なのに、彼女の未来は繋げられないなんて、そんな残酷なことがあっていいのか。

「死にたくないなぁ……」

成田さんの口から初めて聞くセリフ。他人に余命をすぐにあげちゃうくせに、自分はあまり生にしがみつくことがなかった人。そんな成田さんから、ずいぶん時間がかかったけどようやくこの言葉を聞けて、少しだけ嬉しかったんだ。

「……生きてよ」

握った手に力を込める。成田さんに生きてほしいんだ。

僕は成田さんといたいんだ。これからも、一緒に……。

「おそろいにしようよ。僕の苗字あげるから」

「え……？」

「日野花純。いい響きじゃん」

「っ、でしょ？」

「うん。でも、僕はまだ十七だから一年後じゃないとあげられない」

だからね、もう絶対に誰にも命を渡さないで。

成田さんに生きてほしいんだ。成田さんが生きてくれていたら、僕はそれだけで十分だ。そう思うくらいに、彼女にはまだこの世界にいてほしい。君は僕の太陽みたいな存在だから。

「一年後に、あげるから」

「……うん！」

瞳を揺らして大きく頷く成田さん。枯れるほど泣いたはずなのに、僕もまた目が潤っていくから隠すように成田さんを引き寄せた。

「……約束だから」

「……ん、約束」

初めて抱き締めた成田さんは思っていたよりも小さくて、こんなに小さな体ですべてを背負い抱え込んでいたのかと思うと胸が締め付けられた。誰も守れないなら、僕が守りたい。今度は僕が、彼女の未来を繋げたい。覚悟を決めて、心に誓った。

成田さんと約束を交わした日から、成田さんとの時間を今まで以上に大切にしようと決めた。だから僕はできるだけ彼女の傍にいるようにした。それだけでなく、成田さんのように周りの人も大切に思い、避けるのをやめてクラスメイトとも話すようになった。

友達と呼べる人も増えた。期末テストも終わり、冬休み直前で友達が増えるだなんて、どれだけ馴染むのが下手くそなんだって感じだな。そもそも友達を作ること自体を考えていなかったし、この四か月弱で心境に大きすぎる変化が起きた。だけど、友達が増えても優先順位は成田さんがいちばんで、僕自ら成田さんに話しかけるために近づく。

「瑞季くんってわたしのこと大好きだね」

なんて茶化してきた時にはむっとしたけど、それでも彼女の傍を少しも離れたくないと思った。もう少ない彼女との限られた時間を無駄にはしたくない。なんて、成田さんと関わってから、僕が僕じゃないみたいだな。

らしくないことばかり。僕は成田さんと一緒にいたい。でもそれ以上に成田さんに生きてほしいと願っている。

この数日間で、僕は考えたことがある。成田さんの運命を変える、と。小学生の運命を変えたように、成田さんの運命を変える。あの時確かに小学生の運命は変えられた。小学生の運命を変えたのは僕だ。だけどその代わりに別の人の運命まで変わってしまい、結果を変えることはできなかった。神の決めた運命は絶対でそのしわ寄せが誰かにいくというのなら、それを受けるのは……。

「瑞季くん、帰ろう！」

放課後になり成田さんが声をかけてくる。

返事をしてからカバンを持って立ち上がった。

「あれ、ジローと木下さんは？」

「二人で仲良く補習だって」

「あー、この前のテストの」

「そうそう。学年通して二人だけだったみたい」

「仲良すぎだね」

補習だとしてもジローは木下さんと二人で喜んでいそうだな。

木下さんは確か回答欄がずれていただけだったみたいだけど。補習を受けると決まった時、この世の終わりかと思うほどのリアクションをとっていて、笑った覚えがある。

「ほんとに。わたしたちも負けないくらい仲良しだけどね」

「そうなの？」

「えぇ!? 違うの!?」

出た、オーバーリアクション。

芸人ばりの反応に小さく吹き出す。

「帰ろう。家まで送るよ」

「え、せっかくだからどこか寄ろうよ」

「今日と明日は家でおとなしくしといて」

「えー」

「そのあとは成田さんのしたいこと、何でも付き合ってあげるから」

「瑞季くんがそう言うなら……。んー、何してもらおうかな？」

顎に手を当て考え始める成田さんを見てから歩き出す。

今の成田さんの余命は【1．1】だ。一年と一日。三百六十六日。

試したことはないし試してもらうつもりもないけど、成田さんは一年単位でしか余命を渡したことがない。たぶん、一年ずつしか渡せない。そうだとすれば、一年切ってしまうと、成田さんは余命を渡す能力が使えなくなる。使えないならそこからは規則正しく減っていくだけ。成田さんの余命が尽きる時、僕がどうにかして運命を変える。代わりは僕がなってでも。

だから今はむしろ、早く一年を切って成田さんの能力を使えないようにしたい。

「瑞季くん、どっか旅行に行こうよ」

「どっかって？」

「海外！　はさすがに高校生のお小遣いじゃ無理だよね」

「日本語も上手に話せないのに無謀でしょ」

「怒るよ!!」

顔を見なくてもわかる。成田さんはきっといつものように、わざとらしく頬を膨らませて拗ねている。少し後ろを歩く成田さんを振り返れば、予想通りの表情をしていた。ほんと、わかりやすい。クスッと笑いをこぼすと成田さんは唇まで尖らせた。この表情を彼女と知り合ってから何度見ただろうか。

何度見ても、笑ってしまう。

「その顔いいね」

「怒ってるの！」

「そうなんだ」

「もう！」

成田さんが僕の前に回り込む。余命があと一年しかないとは思えない。このまま
ずっと笑っていてほしい。きっと変えるから。

「で、旅行だっけ？」

「うん。まぁ、現実的に考えて日帰りかな」

「いいよ」

「やったね」

どこに行きたいかとか話しながら成田さんの家に向かって歩く。もう慣れた道。

何度もここを成田さんと歩いた。

「やっぱ都会行きたいな。買い物したいし、おしゃれなカフェにも行きたい」

「したいことたくさんだね」

「うん！　美玲もジロちゃんも一緒だともっと楽しいよ」

成田さんは笑顔で頷く。ほんと人生楽しんでいる。そんな成田さんを見ると、僕も

少しだけ楽しい気持ちになる。これも絶対に、本人には言わないけど。

「送ってくれてありがとう」

「うん」

「計画立てとくからね」

「わかった。じゃあね」

「また明日」

成田さんが大きく手を振る。僕も手を振り返して、成田さんが家に入るのを待つ。

完全にドアが閉まるのを確認してから歩き出した。あとは僕も家に帰るだけ。

……旅行か。友達と遠出とかしたことない。成田さんがいたらいろいろハプニングが起こりそうだな。ジローと木下さんも何かしらやらかしそう。だけど、それすらも笑顔に変えてしまうんだろう。想像しただけで、自然と口角が上がってくる。一人で笑ってるなんて気持ち悪いな。そう思いつつも抑えられなくて、少し俯き手で口元を隠した。

——ガタッ。

建設中のマンションの横を通った時、頭上から音が聞こえて顔を上げる。視界に入ったのは揺れている鉄骨。おいおい、やばいな。落ちてきそうな鉄骨を見て危機を感じ、マンションから離れる。

「あ、ダンゴムシだ」

「帰るよー」

スモックを着た幼稚園の男の子が、僕がさっき危機を感じた場所で止まる。

お母さんはお腹が大きいから、妊娠しているらしい。

振り返って男の子に声をかけるけど、男の子はダンゴムシに夢中だ。

「帰ってご飯食べようよ」

「まって、つかまえる」

お母さんに声をかけられてもその場を動かない男の子。この年頃はなかなか親の言うことを聞き入れず、自分の欲求のまま動く。それが子どものいいところでかわいくもあり、ずっと一緒にいる親にとっては頭を悩ませる部分なのだろう。微笑ましいけど、今はお母さんの言うことを聞いたほうがいいと思うな。

「うわぁ!!」

「やばい!!」

子どもについて考えながら男の子を見ていると、上からかすかにそんな声が聞こえた。見上げると鉄骨がぐらっと傾いて落ちてくる。職人らしき人の顔が米粒くらいの大きさで見えた。焦って鉄骨の落ちるであろう経路を瞬時に目で追うと、そこにはまだダンゴムシに夢中の男の子。

「よーちゃん!!」

気づいたお母さんの叫び声で男の子が顔を上げる。

　けど、お母さんは身重なため動きが遅い。それよりも先に動き出していた僕のほうが男の子に近い。だけどその時にはすでに、鉄骨は地上三メートルほどまで落下している。すべてがスローモーションに見えるけど、思考だけは早く回っていた。なんとか鉄骨と男の子の間に入り、男の子を思いきりお母さんのほうへ突き飛ばす。

【72.301】

男の子に触れた瞬間に見えた数字は多くて安心した。

あの子は大丈夫だ。死なない。よかった。

そう思ったのもつかの間、今まで感じたこともない衝撃に襲われ、世界が真っ暗になった。

〔7〕

──もっと人生楽しもうよ！

──瑞季くんが楽しそうで嬉しい。

──命は命だよ。重いも軽いもない。

──わたしの勝ち。頑張って一年生きろ。

──救える命は救いたい。

──瑞季くんの力はすごいよ。

──死にたくないなぁ……。

──ん、約束。

成田さんの声が聞こえる。

これは夢？

いや、いつかの記憶か。

──瑞季くん！

君に名前を呼ばれるのは嫌いじゃない。いつも僕の名前を呼んで、満面の笑みを浮かべる成田さん。成田さんの周りはいつも明るくて笑顔であふれている。僕は君と出会って、たくさんのことを知ったよ。もっと一緒にいたいんだ。

一緒に生きていたいんだ。

──またね。

成田さんが大きく手を振って背を向ける。

胸が苦しくなって、息ができなくなる。嫌だ。今離れると一生会えない気がする。

そんな思いで必死に手を伸ばすけど成田さんには届かない。次第に成田さんの姿は闇に紛れていき見えなくなる。

会いたい。

成田さんに会いたい。

会いたい——。

ゆっくりと目を開ける。まぶしい光にすぐ開けた目を細めた。そして少し慣らしてから再び目を開ける。

「瑞季⁉」

「瑞季、わかる⁉」

ハッとしたような興奮した声が聞こえたあと、両親の顔が映り込んできた。

ここはどこだろうか。

「先生を呼びましょう」

「よかった。瑞季、本当によかった」

母さんがナースコールを押す。

だんだんとはっきりとしてきた意識で、この鼻につく臭いや無機質な白い天井で病院だと気づいた。

「瑞季覚えてるか？　お前、子どもをかばって自分が鉄骨の下敷きになったんだよ」

「一時は危なかったけど、なぜか急に数値も安定したのよ。死んでもおかしくないほどだったのに、奇跡だって」

まだ頭がボーっとしているけど、両親の言葉はわかる。そういえば、鉄骨が落ちてきて子どもを突き飛ばしたところまでは、しっかりと記憶にある。そのあとのことは何も……。

「い……ゴホッ……」

「あ、水飲む？」

言葉を発しようとしたけど、上手く声が出なかった。

母さんに支えられながら体をゆっくり起こす。正直、痛みはある。

でも鉄骨の下敷きになったわりには、思ったよりも大丈夫そう。水を一口潤す程度に、と思ったけど喉が渇いていたみたいでいっきに飲んだ。

「今、何時？」

「まだ夕方の五時だよ。目を覚ましたらお医者さんが診察してくれて、それが良ければ明日には退院できるって。ほんと瑞季は強運の持ち主ね。大きな事故だったのに、骨折で済んだんだから、不幸中の幸いね」

母さんの言葉通り、医者が診察に来て、明日さっそく退院することとなった。でも骨折しているし当分、通院はしなくてはいけない。一時は本当に危なかったようだけど、そこからなぜかすぐに回復していったらしく、もう心配はないそうでまさに奇跡らしい。

「あ、そういえばかわいい女の子がね……」

母さんが何か言っている。でも僕はまだ万全ではないようで、意識が朦朧（もうろう）としてくる。

いろいろ考えたいことがあったはずだけど、まだ体がだるかったこともあり抗わずにそのまま眠りについた。

次の日の夕方に無事、退院手続きも終わり家に帰る。右足の骨が折れていたみたいで松葉杖が必要だけど、それ以外は打撲だったり擦り傷だったりで痛みは少しあるものの、そこまで心配するほどではない。後日検査をしたり、異変があればすぐに来院するように言われたけど、思っていたよりも本当に大丈夫で、むしろ体はスッキリとして内側から優しい温かさが広がっている。それなのに、両親も医者も本当に奇跡的回復力だとかすごい強運の持ち主だとか言っている。何回も言われるほど一時は本当に危ない状態だったみたいだけど、ある時から突然に心電図も安定して、とにかく奇跡だと言われ続けた。

　足が不自由ながらもすべての支度を済ませあとは寝るだけ。何とか自分の部屋へ行き、事故後から放置していたスマホを見ようとするも充電が切れていたため、充電器に差してから起動させる。そこで目を疑った。

　すごい数の着信がジローと木下さんから入っていた。どうしたんだろう。僕が病院に運ばれたことを知ってるのか？　とりあえずジローに折り返す。

「あ、もしもし。すごい着信だったけど、どうかしたの？」

『…………』

　通話中のはずなのに返事がない。

　不思議に思い首を傾げる。

「ジロー？」

『……落ち着いて聞け』

『……うっ……ふぅ……』

　ジローの今までに聞いたことがないほどの低い声。それに、後ろから嗚咽のような声まで聞こえる。泣いているところを見たことはないけど、木下さんの声かと思う。

　心臓がドクドクと不安感を煽るように音を立て始めた。

　今日見た嫌な夢を思い出す。聞きたくない。耳を塞ぎたい衝動に駆られる。心臓が飛び出すかと思うくらいに動いている。

『……花純が死んだ』

「……え?」

頭が真っ白になる。

嘘、だろ……。

聞き間違い?


「嘘……」

『こんな嘘つかねぇよ……』

ジローの声も震えていた。こんな暗い声色は初めてで、それくらいの出来事が起こったということなのに理解できない。思考が追いつかない。

通話画面の向こうからは嗚咽がずっと聞こえている。

「い、いつ……?」

『今日。眠ったまま起きなかった。原因は不明だって』

淡々と、泣くのを堪えるような声で僕に情報を伝える。

今日? だって成田さんはあと一年余命があるはず。昨日、一年と一日だったんだから、今日は残る余命が一年のはずじゃ……。

「っ」

『明日、通夜が十八時からある。場所はあとで送っとく。じゃあ』

ジローはそれだけ言って通話を切った。僕はそのまま動けない。

力がなくなりスマホが手から滑り落ちる。でも、そんなこと気にしていられない。

嘘だ。そんな……。成田さんはまだ生きるはずなのに。今日さえ乗り越えて明日になれば、誰にも余命を渡せなくなる。だから、そのあとは僕が変えてやるって……。

――一時は危なかったけど、なぜか急に数値も安定したのよ。死んでもおかしくないほどだったのに、奇跡だって。

昨日の母さんの言葉を思い出す。あぁ、そうか。そういうことか。

「……僕、か……」

ぽつりと呟いたと同時に、瞳からいっきに涙があふれた。

「～～～～～～っ!!」

それはもう止められなくて、声にならない声で叫ぶように泣いた。僕だ。僕のせいだ。成田さんは生きられるはずだった。

成田さんにもう余命を渡さないでって約束した。

これからも一緒にいるために。

それなのに、成田さんは死んだ。きっと僕が昨日、死ぬ運命だったんだ。男の子を突き飛ばした時、余命は【0】ではなかった。

僕が昨日【0】だったんだ。

本当なら僕が死ぬはずだったのに……。

僕の悲鳴にも似た声に慌てて両親が部屋に入ってきたけど、そんなことは関係なしに泣き崩れた。打撲や骨折よりも、奇声を上げて枯れる喉よりも、心臓が張り裂けそうなほどに痛くて痛くて、苦しくて視界が真っ暗になった。

僕は最後に、守りたかった人から守られ、終わらせてしまった。その現実に耐えられず、喉が潰れるほど泣いた。彼女はもう、この世界にはいない。


成田さんのお通夜に松葉杖をつきながら行く。

死ぬはずだったんだ。

確かにこの怪我だけで済んだのは奇跡だよ。本当なら今日あそこで眠っていたのは僕だったのに。お通夜にはクラスメイト、先生などたくさんの人が集まっていた。みんな泣いている。成田さんの死を悲しんでいる。僕は抜け殻になったみたいに呆然としていた。

「日野……っ」

声をかけられて振り返る。

そこには目を赤くパンパンに腫らした木下さんがいた。

「肩貸すか？」

木下さんの後ろから来たジローが声をかけてくれる。ジローの目もパンパンに腫れていた。

「……大丈夫」

三人集まっても重い空気は変わらない。ここに成田さんがいない。

それが苦しくて胸が張り裂けそうで、呼吸をするだけでやっと。何も話すことはできずに椅子に座り、お通夜が始まるのを待った。

お通夜が始まる前から終わったあとですらも、参列者からすすり泣く声や嗚咽が途絶えず聞こえていた。成田さんがそれほど愛されていた証拠だ。僕はもう自分が自分ではないみたいで、ただ時間が過ぎていくのだけを感じた。眠っている成田さんはあまりにも綺麗で穏やかで、見た瞬間に僕はあふれるものを抑えきれずに、ここでも泣き崩れた。そのあとはどうしたのかわからない。ただ心にぽっかりと穴が開いた。僕の心は成田さんで埋まっていたのだと今になって気づく。彼女がどれだけ大きな存在だったかを改めて思い知らされた。

「……瑞季くんかな？」

聞き慣れない声で名前を呼ばれ、ゆっくりと振り返ると、先ほど挨拶をしていた成田さんのおばあさんだった。僕は頷いて肯定する。

「これ、花純から」

「え……？」

「花純は自分の運命を知っていたようじゃな」

目を細めて微笑んだおばあさんは、やわらかく温かい雰囲気が成田さんにそっくりだった。成田さんからおばあさんのことは少ししか聞いていない。自分自身は生にしがみつこうとせずに、他人を救ってばかりだった彼女の心残り。あの時はまだ自分を犠牲にしても救うと決めた強い意志と、おばあさんを一人置いていくことへの申し訳ない気持ちが複雑にぶつかり迷っているように見えた。それでも彼女は救うことを選んだ。

「泣きながらごめんって抱きついてきて……ばあちゃんは何もしてやれんかったなぁ……」

「っ」

寂しそうに呟くおばあさんに、僕は何て声をかければいいのかわからなくて言葉に詰まった。成田さんは死ぬとわかって僕に最後の余命を渡した。僕のせいで、おばあさんは一人になってしまった。罪悪感や自分に対するイラ立ちもあるけど、それ以上に成田さんを失った悲しみで虚無感に襲われる。
やっとの思いで震える手を伸ばし、おばあさんが差し出した封筒を受け取る。おばあさんはニコッとまた笑ってから僕に背を向けた。だけど、やっぱり目は赤くておばあさんもたくさん泣いたのだとわかる。いろいろな感情に押しつぶされそうになりながら、深呼吸をひとつして封筒を開けた。

——瑞季くんへ
強く生きてね。
これはわたしからのお願い。
瑞季くんはわたしのお願いをなんだかんだ断れないもんね。
お願いしたからね。
瑞季くんらしく、生きて。
花純より——

そんなこと言われたって無理だよ。
僕は君がいないと意味がないんだ。
——瑞季くんはわたしのお願いをなんだかんだ断れないもんね。

僕のことをわかってる成田さんが悔しい。

無理だよ。意味ないよ。嫌だよ。だけど、成田さんのお願いを断るのはもっと無理だよ。

成田さんの笑顔が浮かんでくる。

僕は彼女には敵わない。

時間はかかるかもしれないけど頑張ってみるよ。

君のお願いだから。

成田さんが渡せる余命は一年。

僕がもらってから二日経った。

僕に残された時間は三百六十三日。

君にもらった残り、三百六十三日。

僕は、強く生きるよ。

【8】

成田さんが亡くなってから今日で一年。

三年生になったよ。君のお通夜に行ってから三百六十三日。

必死で生きたよ。君がいない日々は物足りなくて、苦しくて、寂しくて。

それでも必死に生きてきたよ。君にもらった命は今日で尽きる。

僕はどうだったかな？　君の手紙を読んでお願いを聞いてから三百六十三日間、ずっととまではいかないけど、強く生きられたんじゃないかな？

君が生きるはずだった日々だから、無駄には使いたくない。だから僕は僕で頑張ったんだよ。木下さんも辛そうにはしているけど、いつも君のことを想っているよ。ジローも相変わらず元気で笑顔を届けてくれるよ。僕たちの中で、君はまだ思い出なんかじゃない。今もずっと傍にいる。

僕は今から君の元へ行くよ。やっと会えるね。無気力だった僕はこの世界に思い残すことなんてないからいつ死んでもいいと思っていた。けど、今は少し心残りがあるかもしれない。両親やジロー、木下さんにサッカー部三人組。他にも友達ができたんだよ。成田さんに会いたい。でも、この世界に心残りもある。そう思えるようになったのは成田さんのせいだ。成田さんが僕をこんなに変えたから。会えたら責任とってもらわないと。僕の気持ちをこんなに変えたこと。成田さんは運命だけでなく僕の心まで変えたんだ。

夜の時間、後腐れがないように部屋を綺麗にし終えたあと、お通夜の日に成田さんのおばあさんから受け取った手紙を読み返していた。成田さんは本当に僕の心の中にすごい勢いで入ってきた。席替えで席が前後になったことから始まり、遊び方を教えてもらったり、友達が増えて賑やかに過ごすようになったりした。一緒に帰った道や匂い、初めて抱き寄せた温度も感触も、鮮明に思い出せる。感情をプロデュースするなんて言ってたけど、確かに僕の感情は成田さんによって引き出されたよ。もうとっくに認めてるんだよ。成田さんのことを考えていると、ドアがノックされ母さんが部屋に入ってきた。

「瑞季、手紙来てたわよ」

「手紙?」

立ち上がって差し出されたものを受け取る。あの時の怪我もすっかり完治した。たまに痛んだりするけど、問題はない。ドアを閉めてから、送り主を確認する。

「っ……」

息が止まった。心臓がドクッと大きく音を立てる。

封筒には《成田花純》の文字。驚いて自分の目を疑う。何度目をこすっても、見間違いではなかった。

うるさい心臓の音に鼓膜や手の震えなどを支配されながら封筒を開けた。

――瑞季くんへ

これ、ちゃんと一年後に届いてる?

瑞季くんに会いに行ったあとに、病院内のコンビニでレターセットとペンを買って談話室で急いで書いてます。無地しかなかったから、わたしのかわいいイラストで華やかにしておくね。

前言ってた超大作の手紙。

必死に書いてます。超超超大作になったよ。

初めてタイムカプセル?　みたいな郵便のサービスを使ったよ。

日にち指定で送れるやつ。

ちゃんと一年後に届いてたらいいな。

届いてなかったらどうしよう?

まぁ、それでもいっか。

とりあえず、わたしの気持ちを綴っていきます。

最後まで読んでくれたら嬉しいな。

まず、約束守れなくてごめんね。

瑞季くんの苗字ほしかったな。

おそろいにしたかった。

でも、わたしはまったく後悔してないよ。

瑞季くんが今これを読んでいるってことは生きてくれているってこと。

すごく嬉しい。

わたしは瑞季くんに生きてほしいから。

だからあの時、瑞季くんがわたしを家まで送ったあとに事故に遭ったって知って心臓が止まるかと思った。

瑞季くんの様子からして、わたしはあと一年と少しの命しかないってことはわかってたんだ。

瑞季くんのことだから、一年を切ればわたしは誰にも余命をあげられないから安心だって思ったんでしょ？

ほんとわかりやすいんだから。

わたしね、瑞季くんのことなら何でもわかるよ。

それほど瑞季くんと一緒にいたし、ずっと見てたから。

だからわたしの余命はもうないって知ってたけど、瑞季くんに渡したの。

迷いなんてなかった。

わたしの命を瑞季くんに渡せることがすごく嬉しいよ。

ここまで生きてくれてありがとう。

わたしの命の灯が瑞季くんの中にあることが幸せだよ。

やったね。

だからわたしの命で生きてくれてありがとう。

わたしね、瑞季くんと仲良くなれて本当によかったたって思ってる。

ずっと気になってたから。瑞季くんと仲良くなりたいって願ってたから。

だから、席替えで前後の席になった時は運命だと思ったよ。

瑞季くんはやっぱりおもしろくてかっこよくて、素敵な人だった。

きっと瑞季くんの秘めた情熱にわたしの心は引き寄せられたんだよ。なんてね。

でも、本当に瑞季くんはかっこいい人だよ。

なんと言っても小学生を助けようとした時、あれはしびれた。

本当の本当にかっこよくて惚れ直した。

瑞季くんは誰かのために一生懸命になれる人だよ。

そんな瑞季くんの姿をいちばん近くで見ることができて嬉しかった。

瑞季くんと一緒にいて心に残ってることはたくさんあるね。

さっきの小学生の時のこともだし、初めて二人で遊んだメダルゲームも。あれは最高だった。

瑞季くんの負け惜しみがね、おもしろすぎたよ。意外に負けず嫌いだもんね。

ちょっとは上手くなってきたけど、わたしには全然及ばないよ。

美玲とジロちゃんとも仲良くなって、四人でいる時は本当にずっと笑いっぱなしだった。

かくれんぼ、またしたかったな。

なんて思い出をひとつひとつ語っていきたいけど、そしたら瑞季くんはきっと泣きすぎて手紙を読めなくなっちゃうよね。

瑞季くんってけっこう泣き虫だから。

そう考えると、わたしのことを心配してよく怒ったり悔しがったり、泣きそうになってた。

ほら、わたしが瑞季くんの感情いっぱい引き出してるね。

わたしを見ていつも笑ってくれてたし。

瑞季くんがわたしのことを心配してくれるのも嬉しかったよ。

言うこと聞かなくてごめんね。

でもそれも後悔してないから。

わたしは最期までわたしのしたいようにできたよ。

瑞季くんに抱き締められた時はすごく嬉しかったなぁ。

あんな状況だったけど、ドキドキ止まんなかった。

瑞季くんってちょいちょい男らしかったり、かっこいいことするから、わたしはきゅんってなってたんだよ。

気づいてたと思うけど、けっこう前から瑞季くんのこと好きだったよ。

本当に好きなんだよ。

瑞季くんもわたしのこと好きだったよね。知ってるから。

あー、こんなことならキスでもしとけばよかった。

そこは後悔。

でも瑞季くんのことが大好きだから、わたしは瑞季くんにこれからも生きてほしいんだ。

今まで黙ってたけどさ、実はわたし、中学の時に美玲にも渡してるんだ。

美玲は難病を抱えてて余命宣告されてたの。

そんな時に、出会って話して仲良くなった。

でも、治らない病気で美玲が動かなくなった時に渡したの。

生きてほしくて強く願った。

わたしは一年しか渡せないはずなのに、美玲はすでに一年以上生きてる。

その一年で美玲の病気の治療法が見つかったんだ。確か。たぶん。あんまり覚えてないけど。ほら、わたしってこういうところはテキトウだし。まぁそれは置いといて。
だから瑞季くんが、美玲は長生きするって言ってくれた時は本当に嬉しかった。
奇跡はもう、起きてるんだよ。
瑞季くんも、わたしが命を渡して一年後の今日、死ぬって思ってるでしょ？
きっとね、大丈夫だよ。
瑞季くんはこれからも生きるよ。
だからまた約束して。
強く生きてね。
瑞季くんらしく生きてね。
わたしは瑞季くんの未来を繋いだことが嬉しいの。
わたしの命で生きてくれてありがとう。これからもっと、その命を輝かせてね。
待ち合わせは百年後くらいにお空でね。
その時に、苗字をおそろいにしようよ。
瑞季くんがずっと大好きです。
またね。
　成田花純――

手紙を読み終わった時には日付けが変わっていた。僕は君にもらった三百六十三日を生きて、今、三百六十四日目を生きている。成田さんが起こした奇跡。やっぱり成田さんは運命を変えることができるんだ。

浮かんでいた涙をぐっと拭う。

窓を開けて空を見た。星が輝く夜空に誓う。

成田さんが繋げてくれた未来を、僕はこれからも生きていくよ。そして僕も、成田さんのことが好きだ。だから今度こそちゃんと、苗字をもらってよ。約束だからね。

僕の想いが届いたのか、目の前を流れ星が三度光った。

やっぱり君には敵わない。

# あとがき

この度は数ある書籍の中から、『君が僕にくれた余命363日』をお手に取っていただきありがとうございます。普段は少女マンガのようなきゅんとするお話を中心に書いていますが、今回初めてライト文芸に挑戦させていただきました。

そのきっかけは、大好きでかわいがっていたハムスターの突然の死です。本作の花純の能力のきっかけともなっているハムスターですが、わたしの飼っていたハムスターも一年半で永遠の眠りにつきました。歴代飼っていたハムスターの中でいちばん懐いており、本当に愛しくてたまらない日々の癒し的存在だったペットの死に、毎日泣き、小屋も片づけることができず、受け入れられない状態でした。わたし自身昔から、若くして命を落とすという悲しいニュースを目にするたび、みんなから一年ずつもらって同じだけ生きられたらいいのにな、と考えることがありました。今回のペットでも同じように、わたしの一年をあげられたらいいのに、と強く思いました。自分が一年長く生きるより、一緒に一年を生きたい。重なる時間を増やしたい。だけど現実では、そんなことが叶うはずもないので、自分の気持ちに折り合いをつけるために、やり場のない想いを花純に託してこの物語を綴りました。

そのせいで花純には重すぎる運命を背負わせてしまいましたが、明るく前向きな花純の存在は物語の中でたくさんの人を、主人公の瑞季を、作者のわたしまでもを救ってくれました。

また、本作はありがたいことに「第6回スターツ出版文庫大賞」にて優秀賞をいただき書籍化の運びとなりました。スタ文は創刊当時から憧れでしたが当時の自分では書けず、いつかは……！と思っていました。数年越しに仲間入りを果たすことができとても嬉しく思います。物語を投稿するようになって十年という節目の年に受賞できたことは、一生の思い出です。受賞のメールを見た瞬間、普通に泣きました。そんなたくさんの想いが詰まった物語を書籍として残せること、本当に幸せに思います。

最後になりましたが、優秀賞という身に余る賞をくださった審査員の皆様。書籍化にあたり大変お世話になった担当様、ライター様。かわいくも切なく美しい、素敵すぎる表紙イラストを描いてくださったあかもく様。この本が出来上がるまでに関わってくださったすべての皆様。そして今、この本を手に取り読んでくださっているあなた様。作品を通して出会うことができたすべての皆様に、心より感謝申し上げます。

どこか一部分でも、あなた様の心に寄り添えるような物語になっていれば幸いです。

皆様があたたかい世界の中で、たくさん笑って過ごせますように。

月瀬まは

この物語はフィクションです。実在の人物、団体等とは一切関係がありません。

月瀬まは先生へのファンレターのあて先
〒104-0031　東京都中央区京橋1-3-1　八重洲口大栄ビル7F
スターツ出版（株）書籍編集部 気付
月瀬まは先生

君が僕にくれた余命363日

2022年1月28日　初版第１刷発行
2022年7月12日　　　第３刷発行

著　者　　月瀬まは 

発行人　　菊地修一
デザイン　カバー　徳重　甫＋ベイブリッジ・スタジオ
　　　　　フォーマット　西村弘美
発行所　　スターツ出版株式会社
　　　　　〒104-0031
　　　　　東京都中央区京橋1-3-1　八重洲口大栄ビル7F
　　　　　出版マーケティンググループ　TEL 03-6202-0386
　　　　　（ご注文等に関するお問い合わせ）
　　　　　URL　https://starts-pub.jp/
印刷所　　大日本印刷株式会社

Printed in Japan


定価はカバーに記載されています。
ISBN　978-4-8137-1212-1　C0193

# スターツ出版文庫　好評発売中!!

## 『天国までの49日間～ファーストラブ～』　櫻井千姫・著

霊感があり生きづらさを感じていた高２の稜歩は、同じ力をもつ榊と出会い、自信を少しずつ取り戻していた。でも榊への淡い恋心は一向に進展せず…。そんな中、ファンをかばって事故で死んだイケメン俳優・夏樹が稜歩の前に現れる。彼は唯一の未練だという「初恋の人」に会いたいという。少しチャラくて強引な夏樹に押されて、彼の初恋の後悔を一緒に取り戻すことに。しかし、その恋には、ある切ない秘密が隠されていて――。死んで初めて気づく、大切な想いに涙する。

ISBN978-4-8137-1196-4／定価737円（本体670円+税10%）

## 『僕の記憶に輝く君を焼きつける』　髙橋恵美・著

付き合っていた美涼を事故で亡くした騎馬は、彼女の記憶だけを失っていた。なにか大切な約束をしていたはず…と葛藤していると――突然二年前の春に戻っていた。騎馬は早速美涼に未来では付き合っていたと打ち明けるも「変な人」とあしらわれてしまう。それでも、彼女はもう一度過ごす毎日を忘れないようにとメモを渡し始める。騎馬は彼女の運命を変えようと一緒に過ごすうちに、もう一度惹かれていき…。ふたりで過ごす切なくて、苦しくて、愛おしい日々。お互いを想い合うふたりの絆に涙する！

ISBN978-4-8137-1198-8／定価671円（本体610円+税10%）

## 『鬼の花嫁五～未来へと続く誓い～』　クレハ・著

玲夜から結婚式衣装のパンフレットを手渡された鬼の花嫁・柚子。玲夜とふたり、ドレスや着物を選び、いよいよ結婚するのだと実感しつつ、柚子は一層幸せに包まれていた。そんなある日、柚子は玲夜を驚かせるため、手作りのお弁当を持って会社を訪れると…知らない女性と抱き合う瞬間を目撃。さらに、父親から突然手紙が届き、柚子は両親のもとを訪れる決意をし…。「永遠に俺のそばにいてくれ」最も強く美しい鬼・玲夜と彼に選ばれた花嫁・柚子の結末とは…⁉

ISBN978-4-8137-1195-7／定価660円（本体600円+税10%）

## 『後宮の巫女嫁～白虎の時を超えた寵愛～』　忍丸・著

額に痣のある蘭花は、美しい妹から虐げられ、家に居場所はない。父の命令で後宮勤めを始めると、皇帝をも凌ぐ地位を持つ守護神・白虎の巫女花嫁を選ぶ儀式に下女として出席することに。しかし、そこでなぜか蘭花が花嫁に指名されて…⁉猛々しい虎の姿から、息を呑むほどの美しい男に姿を変えた白星。「今も昔も、俺が愛しているのはお前だけだ」それは、千年の時を超え再び結ばれた、運命の糸だった。白星の愛に包まれ、蘭花は後宮で自分らしさを取り戻し、幸せを見つけていき――。

ISBN978-4-8137-1197-1／定価682円（本体620円+税10%）

書店店頭にご希望の本がない場合は、書店にてご注文いただけます。